KB021059

소소한 일상이 전하는 행복의 메시지

소소한 일상이 전하는 행복의 메시지

원광우 지음

생각의빛

책머리에

　하루도 거르지 않고 일기를 쓰자고 다짐한 적이 있었다. 하루에 A4지 한 장 분량이면 좋을 것이라 생각했다. 그렇게 글을 쓴 지 1년이 지난 어느 날이었다. 지난날을 돌이키는 심정으로 써놓은 글들을 읽어보았다. 기대와 달리 실망이 먼저 찾아왔다. 페이지를 넘길수록 내용은 신선함을 잃은 채 타성에 젖어가는 흔적이 역력했다. 그저 여백을 매우기에 급급해 억지춘향으로 글을 쓴 날도 여럿이었다. 일기의 의미는 이미 퇴색되어있었고 원래 품었던 의도와도 사뭇 동떨어져있었다. 만족스럽진 않았지만 그렇다고 그 시간들을 후회하지도 않았다. 어쨌거나 글을 쓰는 습관은 들였으니 절반은 성공한 셈이라 믿었다.

　글을 쓰는 방향을 조금 달리해보기로 마음먹었다. 그날 발생했던 특별한 사건을 중심으로 나름의 주제를 담아보려 해보았다. 내 실력에 글의 질까지 고려할 게제는 못되었다. 그저 하루 한 편이라는 것과 원고지 10매 남짓의 양, 거기다 수필의 흉내를 내는 것에만 집중했다. 쉽지만은 않았다. 그런 방법으로 매일 쓰는 일은 더욱 힘들었다. 무엇보다 선택한 소재에 나만의 생각을 담는 일이 어려웠다. 수필이라는 단어가 주는 부담감은 감히 말로 표현할 수 없을 지경이었다. 어려움은 싫증을 쉽게 낳았다. 일기장을 대하는 일이 숫제 고통으로 변해갔다. 그때부터는 인내심이 필요했다. 다행히 나에게는 마라톤을 취미로 삼으면서 키워놓은 지구력이 있었다. 덕분에 나의 노력은 부족한 대로 계속 이어졌다.

그러는 사이에 또 1년이 훌쩍 지나갔다. 부단한 노력 때문인지 아니면 스스로에 대한 관대한 평가 때문인지 정확히 알 수는 없지만 내 글에서 달라진 점이 보이기 시작했다. 나름의 주제가 담긴 글들이 심심찮게 발견된 것이다. 며칠 걸러 드문드문 나타나는 그 글들에서는 연하게나마 제법 수필의 냄새가 풍겨나고 있었다.

다시 1년이 흘렀다. 그런 글들은 어느새 상당한 수에 육박해있었다. 모아보니 한 권의 책으로 만들기에 충분한 양이었다. 마침내 나는 그걸 활자화시키는 꿈을 꾸었다. 꿈은 언젠가 이루어지기 마련이다. 이 책은 그렇게 탄생되었다. 따라서 여기 담긴 글들은 아주 거창한 깨달음의 이야기가 아니다. 일상을 통해 느낀 바를 그저 편안하게 일기 쓰듯 써내려간 글일 따름이다. 일상이란 말에서 알 수 있듯 누구나 주변에서 쉽게 접할 수 있으며 공감할 수 있는 소소한 행복의 이야기다. 어렵고 힘든 현실이지만 조금만 생각을 달리하면 긍정적으로 살아갈 수 있다는 깨우침의 글이다. 어떡하면 삶에 대한 의미와 보람을 찾을 수 있을까를 생각게 하는 글이다.

부디 이 책을 읽는 모든 사람들이 단 한 페이지에서라도 '아, 그래' 하며 무릎을 탁 치는 순간이 올 수 있기를 간절히 빈다.

제1부
어머니라는 이름

어머니

출근할 곳이 없어진 나는 오늘도 카페 구석진 곳에 자리 잡고 앉았다. 아르바이트 종업원의 눈을 피하기에 가장 좋은 자리다. 한번 들어오면 두어 번의 커피 리필은 물론 최소한 서너 시간은 지나야 카페를 벗어나는 나였으니 그런 좌석을 선호하는 것이 하나도 이상할 것은 없다. 그곳에는 전원 콘센트까지 마련되어 있다. 노트북과 같은 전자기기들을 이용하며 하루를 보내는 나에게는 그야말로 천혜의 좌석이다.

세 번째 리필 시킨 커피가 바닥에만 조금 남아 거의 식어갈 무렵이었다. 테이블 위에 놓아둔 전화기가 부르르 떨었다. 누나에게서 온 문자였다. 문자는 세 개의 명사로만 이루어진 채 중간마다 말줄임표로 연결되어 있었다. '엄마……응급실……입원…….' 조금 전에 떨렸던 전화기의 진동이 몇 백 배나 증폭되며 내 몸으로 번졌다. 곧바로 누나에게 전화를 했다. 누나는 흐느끼기만 할 뿐 말을 제대로 잇지 못했다. 바로 내려가겠다며 전화를 끊고는 집으로 향했다.

아내에게 어머니의 입원소식을 알리며 먼저 내려갈 테니 준비가 되는 대로 내려오라는 말을 했다. 내려가는 열차편은 구했는지 아내가 물어왔다. 그때서야 나는 부산으로 가기 위해서는 열차든 버스든 교통편이 필요하다는 걸 알게 되었다. 핸드폰의 열차표 예매 어플에 접속했다. 그토록 익숙하던 어플이건만 오늘따라 도대체 어떻게 해야 열차표를 살 수 있는지 알 수가 없었다. 손은 떨리기만 했고 눈물이 눈앞을 가려왔다. 그걸 바라보던 아내가 일단 역으로 가라며 등을 떠밀었다. 창구에서 기차표를 구입하라고 일러주면서.

역으로 가는 버스 안에서도 계속 눈물이 흘러내렸다. 손수건으로 연신 눈두덩을 찍어 누르는 내가 이상했던지 옆자리의 사람이 자꾸 흘끗거렸다. 그때마다 난 쓰고 있던 모자를 눌러 고쳐 쓰며 얼굴을 가려야 했다. 앞이 캄캄해오면서 눈물은 그칠 줄을 몰랐다. 역의 창구 직원에게 직행이든 환승이든 부산에 제일 빨리 도착하는 열차표를 달라고 주문했다. 직원은 모니터 화면을 바라보며 마우스를 움직였다. 그 순간 가슴속으로 아내의 가계부가 쭈뼛쭈뼛 고개를 쳐들고 기웃거렸다. 분명 아무 조건 없이 빨리 도착하기만 하면 된다고 내 입으로 말했음에도 생각과 말 사이에는 차이가 존재했다. 심지어 타게 될 기차가 KTX가 아닌 무궁화호였으면 하는 생각이 불쑥 들었다. 어머니께서 위독하시다는 데 기껏해야 난 돈 몇 푼을 아끼는 일에 더 집착하는 꼴이다. 그걸 깨달으면서 내 자신이 너무 싫어졌다. 하지만 그런 꼴사나운 행동은 그것으로 끝이 아니었다.

부산역에 도착했을 때였다. 병원까지의 거리는 10여 킬로미터 정도의 거리다. 난 택시 승강장이 아닌 전철역 쪽으로 발걸음을 옮겼다. 도심을 지나야하니 택시보다는 전철이 빠르지 않겠냐고 생각하면서. 따지고 보면 그건 생각이 아니라 스스로를 세뇌시키는 행위였다. 아무리 도심이라 해도 그렇지 이렇게

밤이 늦은 시각에 차가 막힐 이유가 어디 있을까. 이 또한 돈을 몇 푼 아껴보려는 좀팽이의 행동에 다름 아니었다. 물론 그 사이 어머니께서 상태가 호전되어 응급실에서 일반병실로 옮겼다는 연락을 받기는 했다. 그렇다고 해도 어머니의 모습을 확인하지 못한 상태에서 진정 어머니를 걱정하는 사람으로서의 행동으로는 적절치 못한 것이었다.

병원건물은 어둠에 휩싸인 채 제 이름을 알리는 간판만이 불을 밝히고 있었다. 입구로 들어서자 안내원이 엘리베이터의 위치를 알려주었다. 늦은 시간이라 복도를 오가는 사람은 아무도 없었다. 어머니의 병실이 있는 4층 역시 정적에 휩싸인 채 야간근무를 하는 간호사들만 복도를 지킬 뿐이었다. 알려준 병실은 3인실이었고 모든 침상에는 커튼이 격벽처럼 쳐져 있었다. 불을 밝히고 있는 제일 안쪽 침상으로 걸어 들어갔다. 등을 돌리고 누워계시는 모습이 영락없는 어머니다. 잠이 들어있는 다른 환자들을 걱정하며 조심스럽게 불러보았다.

"어머니."

돌아보시는 얼굴이 낯설 만치 초췌했다. 몰라볼 정도의 모습에 눈물이 다시 왈칵 솟구쳤다. 아들의 모습을 확인한 어머니께서 본능처럼 한 마디 내뱉으셨다. 변함없이 내 걱정이었다. 손녀를 끌어들인 점만이 달라져있었다.

"우리 손녀는 직장 잘 다니고 있지?"

사랑하는 법

어머니가 입원한 병원에 형이 온 것은 퇴근시간이 되기 훨씬 전인 오후 4시경이었다. 어떻게 이리 일찍 올 수 있었냐 물었더니 조퇴를 했단다. 초등학교 교사인 형은 오늘날까지 도무지 조퇴라고는 모르고 살아오던 양반이다. 그 뿐만이 아니다. 휴일이며 일요일도 없이 1년 365일을 한결같이 출근하던 사람이다. 심지어 명절조차 그에게는 없었다. 오죽하면 본인의 고관절이 부러져 대수술을 단행한 후에도 의사의 권고를 무시하고 서둘러 퇴원한 후 학교로 달려갔을까. 그토록 융통성이 없는 형에게도 어머니의 입원 소식은 꽤나 충격이었던 모양이다.

다행히 어머니는 상당히 호전되어 있었다. 몇 시간 전까지만 해도 온 몸에 주렁주렁 걸려있던 호스들은 대부분 제거되고 남은 거라곤 영양제를 공급하기 위해 손등에만 매달려 있는 한 가닥이 전부였다. 어젯밤과는 많이 달라진 모습에 형은 다소 안도하는 표정이었다. 반면 어머니는 형을 보자마자 습관처럼 지청구를 늘어놓았다. 밥에서부터 세탁에 이르는 문제들을 어떻게 해결하고 다니는지, 집안 청소는 또 어쩌는지 하나부터 열까지 시시콜콜히 묻고 챙기는 것이다. 형은 평소처럼 그냥 웃고 넘길 뿐 아무런 대답을 않았다.

어머니의 간섭은 어쩌면 당연한 것인지 모른다. 그럴 것이 예순이 되도록 형은 아직 독신이다. 거기다 30여 년 전에 홀로 되신 아흔이 넘은 어머니와 함께 한 집에서 생활하고 있다. 두 사람의 다툼은 끊일 날이 없다. 연일 티격태격하는 모습을 보고 있노라면 도대체 어머니가 형의 보호자인지 형이 어머니의 보호자인지 모를 정도다. 마치 피부양자가 아닌 보호자일 때라야 자신의 삶에 진정한 의미를 부여할 수 있는 것처럼 서로 샅바싸움을 하며 아웅다웅 살아오는 중이다.

형의 일과는 아침에 출근하면서 불만을 토로하는 것으로 시작된다. 필요한 용돈을 왜 충분히 주지 않느냐며 짜증을 부리는 것이다. 불행히도 돈이고 신용카드고 간에 모든 경제권은 어머니가 장악하고 있다. 워낙에 술과 친구를 좋아해 돈에 대한 개념이 희박하다는 것을 형 본인도 잘 알고 있었기 때문이다. 이런 상황이니 형의 투정에 가만히 있을 어머니가 아니다. 십자포화를 퍼붓는 반격이 개시된다. 가끔 일촉즉발의 위기가 오기도 하지만 매사가 그렇듯 문제는 어떤 식으로든 해결되기 마련이다. 결국 적당한 금액에서 타협이 이루어진다. 한바탕 떠들썩하던 용돈 전쟁은 형이 집을 나서면서 휴전상태가 된다. 소강상태가 길게 이어지면 좋으련만 하루의 시간이란 그다지 긴 것이 아니다. 잠시 한숨을 돌렸나 싶은데 어느새 저녁이 되면서 형이 퇴근해오면 다툼은 다시 반복된다.

퇴근하는 형의 손에는 매일같이 까만 비닐봉지가 들려있다. 몸에서 확 퍼져

나오는 술 냄새와 함께 봉지를 열면 어떤 때는 떡볶이가, 또 어떤 때는 아이스크림이며 단팥빵 같은 것이 쏟아져 나온다. 모두 홀로 계신 어머니를 생각해 사온 음식들이다. 문제는 그런 음식들을 어머니께서 좋아하지 않는다는 데 있다. 형 역시 그것을 모르는 것 같지는 않은데 왜 하루도 빠지지 않고 사오는 것인지는 나 또한 알 수 없다. 음식들은 며칠씩 식탁 위나 냉장고 등을 전전하다가 마침내 음식물 쓰레기로 분류되어 버려지기 일쑤다. 아깝긴 하지만 어쩔 수 없다. 형의 일거수일투족과 함께 이런 일들은 어김없이 어머니의 표적이 된다. 먹지도 않는 것을 왜 쓸데없이 돈 들여 사오느냐 부터 시작해서, 도대체 퇴근하고 어딜 그리 싸다니느냐를 거쳐, 왜 매일 술타령이냐에 이어지기까지. 형은 그 말에는 아랑곳 않고 어머니 곁에 붙어 앉아 구태여 한입이라도 먹여보려 갖은 애를 다 쓴다. 이리저리 몇 번을 피해도 끈질기게 들어붙는 형을 향해 어머니께서는 급기야 마지막 호통을 내린다.

"미쳤나보다. 그만 방으로 들어가 자거라."

하루의 일과가 대충 정리되는 건 어머니의 그 말을 통해서다. 고함소리에 형은 꼬리를 내리며 제 방으로 들어가 잠을 청한다. 어쩌다 한 번씩 어머니를 찾아뵈는 날이면 그런 장면은 일일연속극의 한 장면처럼 매일같이 연출된다. 정확한 원인이 밝혀지지 않는 그 모습들을 난 신혼부부들 사랑싸움 쳐다보듯 바라보며 그저 아무 일 아닌 것으로 취급하곤 했다.

오늘도 형의 손에는 까만 비닐봉지가 들려있었다. 어머니는 그걸 보자마자 또 사왔냐는 듯 눈을 흘겼다. 형의 동작도 변함이 없기는 마찬가지였다. 봉지를 풀어헤치더니 그 안에 든 내용물을 하나 꺼내 어머니 앞에 내어놓았다. 새우튀김이다. 순간 어머니의 짧은 외침이 울려 퍼졌다.

"아무래도 네가 미쳤나보다."

어머니에게서 외면 받은 새우튀김이 아내의 손을 거쳐 내게로 건너왔다. 입에 넣어보니 아직 따뜻한 게 고소한 맛이 배어났다. 맛있다며 내가 이번에는 어머니에게 먹어보라고 권했다. 어머니는 여지없이 고개를 저었다. 형이 다른 봉지를 풀었다. 이번에 나온 것은 군고구마다. 그것도 어머니의 환영을 받지 못했다. 할 수 없이 남은 모든 음식은 나와 아내의 몫이 되었다. 그때 아내가 어머니에게 물었다.

"어머니, 고구마가 싫으시면 혹시 뭐 다른 것 드시고 싶은 것 없으세요? 제가 사다 드릴게요."

어머니는 고개를 흔들며 말했다.

"병원에서 나오는 밥도 있는데 뭣 하러 돈을 들여가며 가외 음식을 사먹어?"

아무 것도 먹지 않는 어머니 앞에서 우리는 민망함을 견뎌가며 음식을 꾸역꾸역 삼켰다. 그때서야 어머니와 형의 마음이 느껴지는 듯했다. 먹고 싶은 것이 있어도 자식 돈이 아까워 말을 않는 어머니. 무언가 어머니에게 대접하고는 싶지만 무얼 좋아하는지를 모르는 아들. 두 사람 사이 갈등의 원인은 바로 그것이 아니었을까? 그때 형을 향한 어머니의 말이 들려왔다.

"내일 출근해야할 텐데 뭐 하러 자꾸 와. 오늘은 다른 데 가려는 생각 말고 곧장 집으로 들어가 잠이나 자거라."

사람이 사람을 사랑하는 방법은 사람마다 다른 법이다.

갈등

어머니가 누워있는 병실에 새로운 사람이 들어왔다. 60대 후반의 할머니다. 할머니는 들어오면서부터 요란했다. 함께 온 아들에게 거침없이 큰 소리로 이야기하는가 하면 행동들도 전혀 거리낌이 없었다. 피는 물보다 진하다는 것을 증명이라도 하듯 아들 역시 목소리에 힘이 있었고 주변을 의식하는 기미라고는 보이지 않았다. 이상한 건 그런 그들에게 내가 거부감이 들지 않는다는 점이다. 그건 아마도 옆 병상의 중년여인에 대한 반감 때문일 것이다.

우리 가족들은 어제 이후로 다분히 주눅 들어 있던 상태다. 가족들의 수가 많다보니 어머니 병문안을 하면서 좀 시끄러울 수밖에 없었던 것인데, 중년여인이 거기에 불만을 품고 화를 냈기 때문이다. 어머니를 닮아 모두 소심한 성격인 우리들은 그때부터 행여 그녀의 짜증이 또 터져 나올세라 전전긍긍하며 눈치를 보기 바빴다. 오죽하면 누워계신 어머니조차 그녀가 병상을 지키고 있는지 나갔는지를 궁금해 할 지경이었을까.

그런 처지였으니 그녀에 대해 우리가 미운 감정을 갖는 것은 지극히 자연스런 일이다. 아니 한 발 더 나아가 우리는 새로 출현한 할머니가 단번에 그녀를 휘어잡아주기를 바라고 있었는지도 모른다. 할머니는 우리의 기대를 저버리지 않았다. 대충 짐을 부리고 환자복으로 갈아입은 할머니가 병실에서 한 첫 행동은 화장실로 달려가는 것이었다. 그 목적은 누구나 쉽게 알 수 있었다. 머리를 감아야한다며 온 동네에 알리듯 큰 소리를 내지르며 그곳으로 갔으니 말이다. 마침 병실로 들어오던 중년여인이 그 소리를 듣고는 기겁을 했다.

"할머니, 머리는 여기서 감으면 안 돼요. 저쪽 복도 끝에 가면 별도 샤워장이 있으니 거기 가서 감으세요."

할머니는 어이없다는 듯 눈알을 굴렸다.

"무슨 소리야? 왜 여기서 머리를 못 감아?"

"다른 사람이 불편하잖아요."

"괜찮아. 다들 그렇게 사는데 뭘."

할머니는 아무 일도 아니라는 듯 우습게 넘겨버리고는 화장실로 들어가 머리를 마음껏 감았다. 그게 다가 아니었다. 큰 소리로 아들에게 샴푸를 가져다달라, 수건을 가져다달라며 한바탕 병실을 장터마냥 떠들썩하게 만들었다. 중년여인은 불만이 가득 찬 표정을 지었지만 어찌할 수 없었던지 헛웃음만 흘렸다. 나는 속으로 쾌재를 불렀다. 우리들이 입마개로부터 해방될 수 있는 희망이 보였던 까닭이다. 아내를 쳐다보았더니 아내 역시 그것 참 쌤통이라는 표정을 짓고 있었다.

아니나 다를까 그때부터 병실의 분위기는 완전히 반전되었다. 할머니의 전화통화소리며 간호사와의 대화소리는 고함에 가까웠다. 심지어 자신의 코고는 소리가 상당하니 이해해달라는 말도 무슨 당연한 권리를 행사하듯 서슴없이 했다. 양해를 구하는 모양새를 취하긴 했지만 그건 부탁이라기보다 차라리 모든 사람을 대상으로 한 선전포고에 가까웠다. 같은 병실을 쓰면서 그 정도도 이해하지 못한다면 그런 사람은 일인 병실로 옮겨가야하지 않느냐며 숫제 반박할 거리마저 사전에 차단해버리는 용의주도함도 보여주었다. 중년여인의 인상은 한없이 일그러진 반면 우리는 그걸 기회로 목소리를 조금씩 키울 수 있었고 마침내 완전히 대화에 자유로워졌다. 그녀가 전유물처럼 여기던 TV의 리모컨마저 어느새 할머니의 손에 넘어가 있었다. 누릴 것이 없어진 그녀에게 늘어난 것이라고는 병실을 벗어나는 횟수뿐이었다. 뜻을 같이하는 무리가 생기면서 주변 환경이 우리가 원하는 대로 만들어진 것이다.

사람들이 모임이나 조직을 만드는 것도 다 이런 이유에서가 아닐까? 여러 사람들이 함께 어울려 살아가는 사회에서 조직은 곧 힘을 의미하는 말이다. 힘은 남보다 더 큰 권리를 누릴 수 있음을 뜻한다. 무리의 크기가 크면 클수록 발휘할 수 있는 힘은 더 커진다. 조직을 형성한 사람들이 그 크기를 키우려 애쓰는 것도 그 때문이다. 혈연 지연 학연이 다 거기에서부터 비롯되는 것이며 그렇게 만들어진 것이 종친회니 향우회니 동문회다. 그것들은 점점 커져 정치적 집단이 되고 한 나라를 다스리는 구심체로 발전하기도 한다. 국가 간에 동맹이니 혈맹이니 하는 관계가 탄생하는 것 또한 그와 크게 다르지 않다.

문제는 그런 과정에서 생겨나는 다툼이다. 하나의 단체가 만들어지면 그 전횡을 막기 위해 대립되는 단체가 생겨난다. 그러면 두 집단 사이에서 우위를 점하기 위한 세력 다툼이 벌어진다. 소위 말하는 갈등이 그것이다. 국가 간의 이념갈등이 그러하며 보수와 진보라는 정치세력 간의 갈등이 그러하다. 비단 그뿐만이 아니다. 남녀 간, 지역 간, 세대 간, 빈부 간, 노사 간, 도농 간, 가족 간 등, 사회 모든 계층에서 갈등이 조성된다. 그렇다고 갈등이 꼭 나쁜 것은 아니다. 갈등이 봉합되면서 그 사회는 발전한다. 다만 모든 갈등이 합리적으로 봉합되지 않는다는 데서 비극이 생겨난다. 강자가 되면 문제를 대화로 해결하기보다 자신이 가진 힘으로 해결하려는 유혹에 사로잡힌다. 그 편이 자기의 이익을 온전하고도 쉽게 실현시킬 수 있는 방법이기 때문이다. 강자가 힘으로 억압하려들면 약자는 비록 힘이 부족할지라도 크게 저항한다. 그러면 물리적인 충돌이 발생한다. 충돌이 일어나면 투쟁과 진압이 반복되고 점점 걷잡을 수 없는 국면으로 돌입하게 된다. 결국 강자가 승리해도 불화의 불씨는 계속 남아 언제 터질지 모르는 시한폭탄의 역할을 한다.

그럼 갈등을 합리적으로 해결하기 위해서는 어떻게 해야 하는 것일까? 힘의 논리로만 밀어붙여서는 안 되며 소수인 약자의 의견을 존중하고 배려해야 한다. 제압한다고 해서 소수가 완전히 사라지는 것은 아니며 갈등이 종식되는 것도 아니다. 설령 소수가 제압된다 하더라도 다수 중에서 또 소수는 생겨나기 마련이다. 그런 의미에서 소수는 사회가 유지될 수 있는 필요조건이라 할 수 있다. 즉 다수가 존재하기 위해서라도 소수는 보호되어야 하는 것이다. 보호는 상대의 양보가 있을 때라야 가능하다. 또 양보는 힘을 가진 자만이 할 수 있다. 결국 양보는 다수의 몫이다. 따라서 강자인 다수가 약자인 소수를 위해 일정 부분 양보할 때만이 문제는 슬기롭게 해결될 수가 있다.

갑자기 병실 밖을 배회하는 그녀가 안쓰러워졌다. 그녀 역시 단순한 환자에 불과하다. 주위에서 나누는 말소리마저 거슬려하던 그녀의 입장도 두통이 심했을 때의 내 느낌을 되살려보면 십분 이해할 수가 있다. 어머니나 아내와 대화를 할 때 여전히 조심해야겠다는 생각이 들었다.

코를 고는 소리가 들려왔다. 그 사이 할머니는 잠들어버렸다. 할머니의 손 옆에 TV리모컨이 놓여있는 게 보였다. 난 그걸 집어 중년여인에게 가져다주었다.

"보고 싶은 방송 보세요. 우린 TV를 안 좋아해서요."

등을 돌리고 돌아서는데 여인의 목소리가 들려왔다.

"저기요, 이 보조침대 가져다 쓰세요. 난 병문안 올 사람이 없어 쓸 일이 없어요. 그쪽에는 가족들이 많아 보조침대 하나로는 부족할 것 같던데⋯⋯."

어머니의 병

어머니의 퇴원 일정이 가시화되었다. 치료경과가 좀 더디기는 하지만 모레면 퇴원할 수 있을 것 같다고 의사가 말을 했다. 이틀 남은 그 일정마저도 힘들다고 느낀 어머니는 내일 퇴원할 수 있도록 해달라고 의사에게 매달렸다. 마음이 여린 사람인지 담당의사는 마지막으로 한 번 더 검사를 한 다음 가능하면 그렇게 해보겠다고 약속했다. 퇴원을 한다고 해서 걱정이 완전히 없어지는 것은 아니지만 일단 한 고비를 넘어섰다는 기분에 우린 안도했다.

아내를 집으로 돌려보내기로 했다. 마음 같아서야 어머니 퇴원 때까지 함께 붙잡아두고 싶었지만 우리 집의 일들도 여러 가지가 겹치면서 꼬여가고 있는 중이었다. 아내의 걱정은 커져만 갔고 어젯밤에는 병실을 지키면서 잠도 제대로 자지 못했다고 한다. 아내의 건강 또한 문제였다. 며칠째 밤을 지새우다시피 한 관계로 감기 몸살은 극에 달해있었다. 그런 아내를 환자인 어머니가 도리어 걱정을 하는 지경이었다. 누나 역시 아내를 걱정하며 하루나 이틀 남은 어머니 병간호는 자신이 맡겠다고 나섰다.

병상 한쪽 옆에 몸을 웅크리고 누운 아내를 깨웠다. 영문을 모르던 아내는 어리둥절해 하면서도 모든 가족의 권유를 못이긴 채 돌아갈 채비를 차렸다. 이상하게 가슴 한 끝이 시려왔다. 그동안 고생해준 아내에 대한 고마움 때문이기도 하고 이왕이면 끝까지 함께 있어줬더라면 하는 아쉬움 때문이기도 했다. 아내 역시 말이며 행동이 굼뜨고 머뭇거리는 게 나와 별 다르지 않은 것 같았다.

아내가 주섬주섬 준비를 하자 침상에 누워있던 어머니가 일어나 앉았다. 어머니의 두 눈이 아내의 행동 하나하나를 빠뜨리지 않고 주시하고 있었다. 드디어 짐을 다 꾸린 아내가 어머니의 어깨를 살포시 안았다. 어머니는 애써 고개를 돌렸다. 단 며칠이지만 그 사이에 또 깊은 정이 들어 헤어지기가 서운해진 것이다. 어머니의 눈에 글썽글썽 눈물이 걸린 모습이 보였다. 아내의 눈도 촉촉이 젖기 시작했다. 곁에서 누나가 한숨을 쉬었다. 그걸 바라보는 나의 머릿속으로 여러 가지 생각들이 스쳐 지났다.

어머니를 모시지 못하는 죄스러움에 앞서 자주 찾아뵙지도 못하고 심지어 전화연락조차 뜸했다는 자책이 밀려왔다. 오죽했으면 병문안을 온 며칠에 정을 듬뿍 쏟게 되었을까? 자식의 도리를 다하지 못했다는 생각이 들자 내 눈에도 눈물이 핑 돌았다. 난 그걸 숨기려 아내를 배웅한다는 핑계를 대며 등을 돌려 병실을 나왔다. 아내는 한참 만에 밖으로 나왔다. 아내의 입에서 나에게 하는 말인지 혼잣말인지 구분이 안 되는 소리가 흘러나왔다.

"이렇게 혼자 올라가도 되는지 모르겠어요."

나는 아무 대답도 않으며 택시정류장으로 발걸음을 옮겼다. 천근 추를 단 것만큼이나 내 발걸음은 무겁기만 했다. 아내의 발걸음도 느리기는 마찬가지였다. 아무리 다른 일이 있다고 해도 차마 어머니를 두고 떠나기에는 결코 마음이 편치 않았던 것이다.

택시를 탄 아내가 손을 흔들며 수고하라는 말로 나에게 인사를 했다. 그러나 난 형식적으로 손만 흔들었을 뿐 아무 말도 하지 못했다. 함께 고생하던 아내의 자리가 비어지는데 대한 허전함이 어머니에 대한 걱정으로 변하면서 주변으로 가득 내려앉았다.

병실로 돌아오자 어머니는 아내가 잘 갔느냐는 질문부터 했다. 잘 보내고 왔다고 하자 역까지는 어떻게 갔느냐, 몇 시 기차냐, 몇 시에 도착하느냐는 질문을 차례로 했다. 일주일 정도를 함께 지내면서 헤어지는 것이 정말로 많이 서운했던 모양이다. 질문마다 꼬박꼬박 대꾸하며 난 마지막에 한 마디를 덧붙였다.

"어머니, 이번에 낫고 나시거든 저희 집에 가서서 단 한 달만이라도 계시는 건 어때요?"

예상했던 대답이 되돌아왔다.

"뭘 그래? 보고 싶을 때면 언제든 오고가고 하면 되지."

난 어머니의 말이 반대의 뜻으로 들렸다. 언제든 오고가는 것이 가능한 게 아니라 언제면 오고가는 것이 가능할까를 묻는 질문으로만 들렸다. 아흔이 넘은 어머니로서 앞으로 우리와의 만남이 얼마나 더 이루어질까를 헤아리고 있었던 것은 아닐까? 30분쯤 지났을 무렵 어머니는 나에게 또 물었다.

"이제는 새 애기 기차 탔냐?"

질문은 그때부터 계속 이어졌다.

"어디쯤 갔냐?"

"잘 가고 있는지 연락은 왔냐?"

"아직 도착 안했냐?"

대답을 할 때마다 나는 이 병원의 의사가 말한 심부전이니 폐 결손이니 하는 병은 진정한 어머니의 병에 비하면 아무 것도 아닐 거라는 생각이 들었다. 어머니에게 가장 큰 병은 아마도 자식들에 대한 그리움과 기다림이 아니었을까?

숙명

아침에 일어나면서부터 왠지 불안감이 가시질 않았다. 이른 시간이지만 면도도 않은 채 병원으로 향했다. 입원한 어머니도 걱정이지만 간호하느라 함께 밤을 보낸 누나도 걱정이었다. 누나 역시 건강한 상태가 아니었기 때문이다. 병원에 도착해보니 어머니께서는 이불을 푹 뒤집어 쓴 채 잠들어 있었다. 매번 틀어놓은 병실의 스팀을 덥다며 꺼달라던 어머니였기에 약간 이상한 느낌이 들었다. 새벽부터 갑자기 춥다고 한다며 누나가 어두운 표정으로 이야기했다. 오늘 퇴원을 계획하고 있던 터라 우리의 걱정은 더 컸다.

어머니에게 심각한 징후가 발견된 건 그로부터 약 10분쯤 후였다. 갑자기 오한과 기침이 동반되면서 열이 급격히 치솟았고 이따금씩 정신이 혼미해지기도 했다. 놀란 나는 간호사를 불렀다. 간호사가 달려오자 이번에는 호흡이 가빠지기 시작했다. 점점 숨쉬기를 힘들어하자 간호사까지도 깜짝 놀랐다. 어머니의 코에 급하게 산소연결기가 걸리고 곧바로 담당 의사에게 연락이 갔다. 의사가 오면서 해열제가 긴급하게 투여되는 등 일련의 조치가 취해졌다. 그러자 어머니의 호흡은 조금씩 안정되어갔다. 차츰 열이 내렸으며 정신도 차리게 되었다. 우리는 그때서야 가슴을 쓸어내릴 수 있었다. 의사는 오늘 퇴원은 어려우며 앞으로 일주일 정도는 더 경과를 지켜보자고 말했다. 병간호를 또 어떻게 해야 할지 고민이 되기 시작했다. 어머니가 낳은 자식들은 많지만 아무리 생각해도 오랜 기간을 계속해 간호할 만한 사람이 없었던 것이다.

우리 형제는 40여 년 전에 이미 죽은 누나 하나를 제외하더라도 지금 2남 5녀가 남아있었다. 하지만 막내인 나만 50대 후반이었을 뿐 형과 누나들은 모두가 6,70대로 고령이었다. 또 그들은 대부분이 환자였다. 첫째와 둘째, 셋째 누나는 암 수술을 한 후 요양 중이었고, 형은 몇 달 전에 고관절을 크게 다쳐 인공 고관절을 삽입하는 대수술을 단행한 상태였다. 거기다 형은 아직 독신이었으며 초등학교에서 교편을 잡고 있었다. 넷째 누나와 다섯째 누나는 고령임에도 불구하고 경제적으로 어려워 여기저기 돈벌이를 하는 처지였다. 결국 남은 사람은 나와 아내밖에 없었다.

그런 여건 하에서 지금까지는 아내와 나, 그리고 셋째 누나가 돌아가며 간호를 해왔던 것인데, 계속 이런 방식으로 간호를 하기에는 누나도 아내도 모두 문제가 있었다. 절대 무리를 해서는 안 되는 누나의 몸이 이상증세를 보이기 시작했고, 아내도 연일 밤을 새며 간호를 하다 쓰러지기 일보 직전이었다. 나는 나대로 또 병간호에 문제가 있었다. 편도선이 붓고 몸살을 앓는 것은 차치하더라도 무엇보다 남자라는 것이 장애였다. 여자 환자들만 있는 병실인데다, 어머니의 대소변문제와 옷을 갈아입히는 등의 문제까지 남자인 내가 해결하기에는 한계가 있었다. 아무래도 어머니와 함께 밤을 보내는 일만큼은 여자가 맡을 수밖에 없었다. 가슴이 답답해졌다.

난 며칠 전 친구에게서 들었던 간병인 이야기를 떠올렸다. 형제가 이렇게 많은데 간병인을 쓴다는 사실은 남우세스럽기도 하거니와 자식 된 도리에도 어긋나는 일이지만 이런 상황이라면 한번쯤 고려해봄직하다는 생각이 들었던 탓이다. 오늘 퇴원을 예상하고 아내는 밀렸던 집안일을 보겠다며 하루 일찍 수원 집에 가느라 자리를 비운 상태였기에, 난 셋째 누나에게 슬그머니 그 이야기를 끄집어냈다. 누나는 안 그래도 그런 생각을 하였노라며 가족들 간에 상의를 한번 해보자고 했다. 결과가 어떤 쪽으로 나든 그것과는 별개로 그때까지의 간호는 여전히 문제로 남았다. 눈에 보이게 기력을 잃어가는 누나에게 며칠 더 간호를 부탁할 수는 없었다. 기댈 데라고는 없던 나는 할 수 없이 아내에게 전화를 했다. 어머니의 상태를 전해들은 그녀는 걱정을 하며 내일이라도 당장 다시 내려오겠다는 말을 했다. 그러면서 그것이 나와 결혼하는 순간 맺어진 숙명이라는 표현을 썼다. 힘들다고 해서 피할 수도 없고 피해서도 되지 않는 일이라는 뜻이었을 것이다.

그랬다. 그건 막내로서, 또 막내의 아내로서의 숙명인지도 몰랐다. 돌이켜보면 막내였기에 우리 집에서 내가 누렸던 권리는 참으로 막대했다. 어린 시절 부모님의 귀염을 독차지한 것은 말할 것도 없었고 누나와 형들로부터도 도저히 이 생에 다 갚을 수 없는 도움을 얻었던 나다. 누나들은 대부분 초등학교와 중학교 학력이 전부였다. 그건 당시 고작해야 10대 중반이었던 그녀들이 나 하나를 공부시키겠다며 신문팔이로 여공으로 갖은 고생을 마다않은 결과였다. 난 누나들의 수고로 편히 고등학교까지 다닐 수 있었다. 대학은 또 형의 도움이 있었기에 가능했다. 형은 당시 2년제였던 교대로 진로를 택했다. 군대문제를 해결하는 것은 물론 빠른 취직이 보장된 그 길로 방향을 잡아 내 학비를 댔던 것이다. 인간이라면 그런 일들을 잊을 수는 없다.

이 세상을 찾아올 때는 순서가 있어도 떠날 때는 순서가 없다는 말이 있다. 아무리 그렇다고는 하지만 그래도 제일 늦게 태어난 내가 제일 늦게까지 생존해있을 확률이 높다. 난 그것을 받은 데 대해 다 보답하고 떠나라는 일종의 계시로 받아들였다. 보답이라는 단어 속에 숙명의 뜻이 내포되어있다고 해석한 것이다. 부모님은 물론 누나와 형들에 대해서까지 무슨 일이 생기더라도 그 모든 것을 책임지는 것은 나의 몫이라는 말이다. 아내가 나에게 숙명이라는 표현을 동원했던 것도 그런 의미가 아니었을까? 아내는 과거 내가 살아온 환경을 이미 전해들은 바 있었으니.

취침등

아침부터 몸의 상태는 최악이었다. 어제 병원에서 밤을 보낸 아내를 생각하면 조금이라도 일찍 병원으로 달려가야 했지만 꼼짝할 수가 없었다. 발열과 두통에다 오한에 이따금씩 터져 나오는 기침까지 영락없는 감기 몸살의 증세였다. 아직 어머니의 퇴원이 불투명한 형편이라 나까지 아프면 곤란한데 하는 생각만이 머리를 맴돌았다. 부엌에서 계속 딸그락거리는 소리가 들려왔다. 누나가 병실로 가져갈 아침을 준비하고 있었다. 침대 곁에 놓인 시계를 쳐다보았더니 6시 반이었다. 일어나기만 하면 또 어떻게 하루를 견뎌낼 수 있으리라는 생각에 억지로 몸을 일으켰다.

양치질을 하는데 코피가 주르륵 흘러내렸다. 거울을 쳐다보았더니 몰골이 말이 아니었다. 겨우 열흘 남짓 병간호를 했다고 이렇게 허물어지다니. 내 몸도 세월의 풍파에 많이 시달렸나보다. 혹시라도 이런 내 모습을 보면 어머니는 또 걱정을 할 게 뻔했다. 누나는 먼저 병실로 가서 어머니 식사를 준비하겠다며 목욕이라도 다녀온 후 천천히 병원으로 오라고 말했다. 아무래도 그 편이 나아보였다.

목욕과 면도를 하고 나름 갖은 치장을 했음에도 어머니의 날카로운 눈매를 피할 수는 없었다. 어머니는 당신 몸보다 나를 더 염려하며 아내와 함께 빨리 집으로 돌아가 쉬라고 성화를 부렸다. 온전한 몸이 아닌 누나만을 남겨두고 병실을 벗어나는 일이 마뜩잖았지만 환자 앞에서 막무가내로 고집을 부리는 것도 볼썽사나운 일이었다. 아내와 나는 잠시 쉬었다 오겠노라며 일단 자리를 피했다.

막상 병실을 나오자 아내는 취침등을 하나 샀으면 한다면서 나를 인근시장으로 이끌었다. 간밤에 병실의 불을 다 꺼버렸더니 어머니께서 도무지 잠을 이루지 못하더라는 것이다. 그렇다고 다인실 병실을 이용하는 마당에 어머니 하나만을 고려해 취침시간에도 불을 켜둘 수는 없는 일이었다. 가만히 생각해보니 내가 어머니 댁을 찾을 때마다 어머니는 꼭 형광등을 하나라도 켜두어야 안심하고 주무시곤 했다. 아무리 잠을 자는 시간이라지만 모든 불을 다 끄면 무서워진다는 게 이유였다. 어둠과 저승을 자주 연관시켜 말하는 것을 들으면서 난 아마도 그런 것과 상관이 있으려니 생각했을 따름이다. 그동안 통 내색을 않으시긴 했지만 입원기간 내내 어머니의 불편도 감지하지 못한 내가 과연 병간호를 한 것인지 한심스럽기만 했다.

시장통에서 어렵지 않게 취침등을 하나 구입한 우리는 다시 병실로 향했다. 도착해보니 누나며 어머니의 얼굴빛에 화색이 가득했다. 웬일일까 궁금했지만 그 이유는 누나에 의해 금방 밝혀졌다.

"좀 전에 의사 선생님께서 다녀가셨는데 내일 퇴원해도 되겠다고 말씀하더라."

나는 기뻤지만 마음 한구석에서는 어쩔 수 없는 의심이 또 피어올랐다. 혹시라도 퇴원을 하고 싶어 어머니께서 떼를 쓴 건 아닌가 싶어서였다. 믿을 수 없었던 나는 병동의 간호사에게로 달려가 의사와의 면담을 요청했다. 간호사는 전화를 걸어 의사와 연결시켜주었다. 누나의 말에는 조금의 거짓도 섞여있지 않았다. 아침에 엑스레이며 피검사를 했고 CT촬영까지 마친 결과 더 이상 입원해있을 필요가 없다는 것이 확인되었다고 의사는 말해주었다.

병실로 돌아왔을 때 아내는 사왔던 취침등을 막 콘센트에 꽂으며 어머니를 향해 입을 열었다.

"어머니, 오늘은 이 등 때문에 편히 주무실 수 있겠어요, 그죠? 이 등, 퇴원선물로 어머니 드릴게요. 앞으로는 집에서도 큰 불 켜지 마시고 이걸 사용하세요. 그러면 전기세도 적게 나오지 않겠어요?"

어머니는 아내의 등을 쓰다듬으며 마치 병이 다 나은 것처럼 농담까지 마다하지 않았다.

"필요한 걸 사 줘 고맙다만 내일 퇴원이라니 하룻밤에 사용하지 못해 어쩌누. 대신 이 등은 네 말처럼 집에서 내 죽을 때까지 사용하마."

병실에 켜진 조그만 취침등의 노란색 불빛이 어머니의 얼굴을 은은하고도 따뜻하게 비춰주고 있었다. 어느 사이에 어머니의 몸에서는 링거며 산소공급기 같은 호스들이 다 사라져있었다. 내 몸에서도 몸살의 기운이 서서히 빠져나가고 있음이 느껴졌다. 어머니께서 회복되어 내일 퇴원할 수 있다는 새로운 희망으로 나를 둘러싼 모든 고통들이 사라지고 있는 것이다. 앞으로 매일 밤 어머니의 방을 밝히게 될 저 취침등처럼, 어머니의 마음속에서도 희망의 불빛이 계속 피워 올라 고통의 순간들이 아예 근접하지 않으면 좋겠다.

퇴원

어머니가 퇴원하는 날이다. 여전히 어머니는 조바심을 냈다. 표정에서는 혹시라도 퇴원하기로 한 일이 번복되나 않을까하는 초조함이 역력했다. 그런 어머니를 보면서 나는 군 복무시절 첫 휴가 나가던 날을 떠올렸다. 그날 고참 병들은 군부대 정문을 벗어나야 비로소 휴가가 시작되는 거라며, 아직 부대에 있는 한 그 휴가는 어찌될지 모른다고 나를 마구 놀려댔었다. 정말이지 비상이라도 걸려 내 휴가가 물거품처럼 사라지는 것은 아닐까하는 생각으로, 모든 신고가 끝나고 군부대를 벗어날 때까지 난 조금도 안심하지 못했었다. 오늘의 어머니 모습은 그것과 조금도 다르지 않았다. 퇴원처방이 내리기도 전에 빨리 가서 퇴원수속을 밟으라며 날 다그쳐대는 모습이 꼭 그 모양이었다.

마침내 간호사가 와서 퇴원수속을 밟으라는 말을 전했다. 그녀는 원무과로 가서 병원비 정산을 한 후 돌아와 환자와 함께 퇴원처방에 대한 설명을 들을 것과 약을 수령해야한다는 점을 몇 번이나 강조했다. 나는 그대로 어머니께 설명하면서 모든 수속을 밟고 돌아올 동안 병실에서 좀 기다리라는 말을 하고 그곳을 떠났다. 퇴원수속은 다소 복잡했다. 단순한 병원비 계산뿐만 아니라 이것저것 발급받아야 할 서류들이 많았다. 만일의 사태를 대비하여 담당 주치의가 3차 진료기관에서 추가진료를 받아볼 것을 권고한 때문이다. 추가진료를 위해서는 의사의 소견서며 진료기록까지 꼼꼼하게 챙겨야 했다.

어렵사리 모든 절차를 다 마무리하고 다시 병동으로 돌아왔더니 병실에는 어머니뿐 아니라 누나도 아내도 아무도 없었다. 어리둥절해하고 있는데 마침 간호사가 병실로 들어섰다. 간호사의 얼굴에는 불만이 덕지덕지 묻어있었다.

"환자분이 벌써 도망가 버렸어요. 처방전에 대한 설명도 듣고 서명도 하셔야 는데. 할 수 없으니 보호자 분께서 오셔서 대신 하세요."

어디로 가셨을까 난감했지만 일단 급한 불부터 꺼야겠다는 심정으로 나는 간호사실로 향했다. 약 복용법에 대한 설명을 듣고 약을 수령하고 이 모든 것을 확인했다는 서명까지 마쳤을 즈음 누나에게서 전화가 왔다.

"어머니께서 자꾸 나가자고 하셔서 할 수 없이 먼저 나왔어. 원무과에서 퇴원 수속하는 줄 알고 지금 원무과 앞에 와 있는데 넌 어디 있니?"

그 사이를 참지 못하고 어머니는 내가 있을 법한 곳으로 미리 가 있었던 것이다. 아내와 누나 역시 어머니의 성화를 이겨내지 못했을 것이 틀림없다. 난 다시 원무과로 가서야 어머니를 만날 수 있었다. 어머니를 보자 불만스럽게 이야기하던 간호사의 얼굴이 생각나면서 짜증이 치밀어 올랐다. 결국 난 한 마디를 불쑥 내뱉고야 말았다.

"어머니, 조금 계시라면 그것도 못 참으세요. 왜 이러세요. 이러면 주변 사람들이 힘들어진다는 것 모르세요?"

"조금이라도 빨리 퇴원해야 너희들 빨리 수원으로 올라갈 것 아니냐? 그래서 그랬지. 다 끝났으면 얼른 가자."

우리 기차시간 때문에 그토록 서둘렀다니 말문이 꽉 막혔다. 잠시라도 자식 걱정으로 머리를 비우지 못하는 사람이다. 그 순간 어머니에게 화를 냈다는 사실에 나 스스로가 얼마나 미워졌는지 모른다. 난 그걸 숨길 양으로 화제를 돌려야 했다.

"어머니, 이제 퇴원하셨으니 저희 집에 한 번씩 오셔서 일주일이고 열흘이고 머물다 가셔야해요. 아시겠어요?"

내 말에 어머니는 고개를 저었다.

"형도 있고 누나도 있는데 내가 어딜 간다 말이냐. 어쨌거나 이번에 너희들 고생 많았다. 어서 올라 가거라. 기차 시간 늦을라."

독신인 형이며 누나와 함께 살고 있는 어머니는 예순이 넘은 자식이어도 여전히 돌봐야하는 대상으로만 취급했다. 어머니의 입장도 이해 못할 바는 없다. 형은 초등학교 교사로 아직 은퇴 전이었고 누나는 가진 병이 적지 않아 서울에 있는 병원을 자주 찾아야 했으니. 아무런 도움도 되지 못하는 아들로서의 한계만 느끼며 난 어머니 앞에 펼쳐진 현실을 무시하지 못한 채 어머니 곁을 떠나야만 했다.

나와 아내를 태운 기차가 부산을 떠나 대전쯤에나 왔을 무렵이었다. 누나에게서 또 전화가 왔다. 저녁을 먹은 후라 약을 복용해야하는데 어머니가 도통 말을 듣지 않는다고 했다. 알고 봤더니 두 분은 입원 전에 드시던 약을 먹어야 할지 말아야할지를 두고 서로 다투고 있었다. 헤어지기 전에 내가 분명히 입원 전에 드시던 약과 퇴원하면서 받은 약을 모두 먹어야한다고 말씀드리지 않았냐고 했더니 약의 수효가 워낙 많아 먹기에 부담스럽더라는 것이 어머니의 답변이다. 차근차근 설명을 하자 어머니는 알아들었다며 어김없이 말미에 누나

35

에 대한 푸념을 늘어놓았다.

"네 누나 빨리 서울에 있는 병원에나 가라고 해라. 제 몸은 돌보지 않으면서 내 병간호를 어찌 한다고?"

그러는 사이 전화기 너머로 누나가 나에게 말하는 소리가 어렴풋이 섞여 들었다.

"아니, 무슨 말을 이리 안 듣는지 모르겠다. 지금 대체 위급한 사람이 누구냐 말이야. 오늘 막 퇴원해놓고 무슨 할 일이 그리 많은지 벌써 또 저리 몸을 막 움직이신다. 네가 좀 어떻게 해봐."

전화를 끊는 순간 두 분이 다투는 모습이 선하게 그려졌다. 어쩌면 누나와의 그런 승강이가 어머니 삶의 원동력인지도 모른다. 아직까지도 자식에 대해 무언가 할 수 있는 역할이 있다는 것, 그것이야말로 어머니가 간직한 진정한 존재의 의미가 아닐까? 누나나 형의 삶에 대한 부모로서의 안쓰러움이야말로 분명 어머니 생의 목적이자 보람이었으리라. 안 그래도 누나와 형에게 어머니를 맡겨둔 채 자식으로서의 도리를 다하지 못한다는 자책감에 시달려왔었는데, 그걸 깨닫고 나자 누나나 형이 그렇게 고마울 수가 없었다. 나는 전화기를 꺼내 누나에게 보낼 문자를 써내려갔다. '누나, 고마워. 앞으로는 내가 잘 할게.' 전화기의 화면에서 편지봉투 모양의 그림이 춤을 추며 날아가기 시작했다.

제2부
가족이라는 이름

대화와 소통

전례 없이 10일간의 연휴가 시작되었다. 연휴를 이용해 부산에서 공부를 하던 재혁이 집에 오기로 되어 있었다. 아내는 나를 보고 미적거린다며 빨리 출발하자고 자꾸 보챘다. 아들을 일찍 만나고 싶어 하는 그 심정이야 모르는 바아니지만 아직 시간적 여유가 많음에도 계속 재촉하는 아내가 못마땅해, 나는 옛 일을 돌이키며 아내의 마음을 진정시키려 들었다.

"도착시간이 확실히 세 시 맞는 거야? 혹 출발시간이 세 시가 아니고?"

민망한 마음이 들었던지 뾰로통해지면서도 아내는 나를 부르는 손짓을 멈추지 않았다.

"이번에는 확실해요. 두 번이나 확인을 했다니까요."

지난번 재혁이 집을 찾던 날 우리는 그를 마중하기 위해 함께 수원역엘 나갔었다. 아이를 조금이라도 기다리게 만들까봐 그날도 아내는 나를 닦달해댔고 우리는 도착예정시간보다 20여분이나 일찍 도착했다. 기차라는 게 예정시간보다 늦게 도착하는 경우는 많아도 일찍 도착하는 경우는 찾아볼 수 없는 것이지만 아내와 나는 그때부터 기차를 내린 사람들이 빠져나오는 출구 앞에서 서성대며 재혁을 기다렸다. 재혁은 좀체 나오지 않았다. 도착 예정시간을 30여분쯤 지났을 때였다. 기다리다 지친 내가 재혁에게 전화를 했다. 혹시 오다가 무슨 사고라도 난 것이 아닌가 하는 걱정에서였다. 재혁은 전화를 받자마자 내 생각과는 전혀 다른 말을 했다.

"무슨 말씀이세요, 아직 출발도 안했는데. 엄마가 시간을 헷갈리셨나 봐요."

아내가 말한 도착시간은 재혁이 부산에서 출발하는 시간이었다. 아내와 아이 사이에서는 제대로 소통이 이루어지지 않았던 것이다. 조금 전에 도착시간과 출발시간을 혼동한 게 아니냐고 내가 아내에게 물은 것도 그때를 떠올리며 한 말이었다.

아내와 이야기를 나누다보면 그런 일은 자주 발생했다. 자신의 이야기는 정확하게 표현하지 않으며, 남의 이야기는 확실히 듣지 않은 상태에서 자의적으로 해석해버리는 성향을 지닌 아내였다. 그걸 잘 아는 나는 아내와 이야기할 때면 항상 말미에 이야기의 요점을 몇 차례나 되풀이하곤 했다. 그래야 약속이 잘못되는 일이 없었다. 몇 번을 두고 아내에게 그런 점에 대해 이야기했지만 아내는 그걸 대수롭지 않게 생각했다.

"그래도 50년을 아무 이상 없이 잘 살아온 걸요, 뭘."

하기야 어쩔 수 없는 일인지도 모른다. 50년 동안이나 배어온 습관이 아닌가. 나 역시 고쳐야 할 습관들이 많지만 그걸 하루아침에 고친다는 일이 얼마나 어려운지, 아니 아예 불가능한지를 숱하게 경험하지 않았던가.

거의 도착할 때가 다 되었는데 차가 많이 막혔다. 아무래도 오늘은 우리가 재혁보다 일찍 도착하는 것이 불가능해보였다. 다급한 마음이 들었던지 아내가 재혁에게 전화를 걸었다. 막 도착했다는 아이의 말이 아내의 전화기 스피커를 타고 나와 내 귀에도 흐릿하게 들렸다. 아내가 내 쪽을 돌아보았다. 난 아내에게 역 앞의 적당한 지점을 정해 거기서 만나도록 해보라고 일렀다. 마침 생각나는 곳이 있었던지 아내는 그 장소를 재혁에게 이야기해주며 기차를 내리는 대로 그곳에서 기다리라고 말했다. 우리가 그리로 곧장 가겠다는 말을 덧붙이면서. 약속을 정하는 아내의 이야기를 옆에서 듣고 있던 나는 불안해졌다. 전화는 이미 끊겼지만 아내의 말을 재혁이 제대로 알아들었을 것 같지가 않았기 때문이다. 수원역 주변 지리를 잘 모르는 녀석이라는 걸 감안해 상세하게 장소를 설명해주면 좋으련만 아내의 이야기 속에는 많은 것들이 부족했다. 어떤 기준점의 제시도 없었고 방향은 물론 거리에 대한 개념도 전혀 포함되어 있지 않았다.

'거기 있잖아, 거기. 에스컬레이터 있는데 말이야, 잘 알지? 왜 바로 내리면 있잖아, 거기 말이야. 그래, 거기서 만나.'

모든 것이 거기라는 한 단어에 다 압축되어 있었다. 잘못 알아들었을 것 같다며 다시 한 번 약속을 확인해보라는 말을 하고 싶었지만 나는 입을 굳게 닫았다. 괜히 말 한마디를 덧붙였다가 이렇게 늦은 것이 모두 다 내 탓이라며 덤터기를 씌울지도 모른다는 생각이 든 때문이었다.

차량정체가 풀리면서 우리는 얼마 지나지 않아 약속장소에 도착했다. 그러나 재혁의 모습은 보이지 않았다. 아내는 차를 내려 찾아보겠다며 잠시 기다리라는 말을 남기고 어디론가 사라졌다. 혹시라도 길을 헤매고 있는 건 아닐까 싶어 난 재혁에게 전화를 걸었다. 몇 차례나 연속해 전화를 걸었지만 계속 통화 중이었다. 아마도 아내가 재혁과 통화를 시도하는 것이리라. 10여분이나 지났음에도 두 사람은 나타날 줄 몰랐다. 재혁과의 통화도 여전히 불가능했다.

또 다시 10여분이 흘렀을 때쯤 저쪽에서 아내와 재혁의 모습이 비쳤다. 차에 올라타는 재혁에게 어디 있었냐고 물었더니 아니나 다를까 그는 엉뚱한 곳에서 우리를 기다렸다고 했다. 아내가 재혁의 뒤를 이어 차에 오르며 말했다. 부모 자식 간에 척하면 삼척이고 쿵하면 호박 떨어지는 소리지 그걸 알아채지 못하냐는 넋두리였다. 아내의 웃는 표정 뒤에는 은근히 겸연쩍음이 숨겨져 있었다. 재혁 또한 밝은 표정이었다. 서로의 처지를 이해한다는 뜻이었다. 나 역시 웃음으로 두 사람을 맞아들였다.

돌아오는 길이었다. 난 오늘의 상황을 몇 번이고 되돌려 재현해보았다. 잘못은 분명 아내의 불확실한 이야기 전달방식에서 비롯된 것이었다. 아내의 나쁜 습관이 고쳐지지 않는 한 오늘과 같은 일이 되풀이되지 말라는 법이 없다는 말이다. 그러나 우리들 중 누구도 오늘의 잘못을 더 이상 거론하지 않았다. 그건 고치지 못하는 아내의 이야기습관을 바로잡지 않고도 가족 간의 소통을 이루어낼 수 있는 방법을 모두가 찾아냈다는 의미다. 제대로 의사전달이 되지 않아 불편을 겪는 한이 있더라도 상대를 이해하고 웃어넘길 줄 아는 것, 그것이 바로 더 큰 의미에서의 소통인 것이다. 아내의 주장처럼 아무리 허점투성이의 말이라 해도 몇 분 늦어지긴 했지만 결국 우리는 서로 만나지 않았던가. 불편을 겪었으면서도 아무런 내색을 않는 재혁이 더없이 어른스러워보였다.

버킷리스트

명절이라는 것도 세월의 흐름에 따라 그 풍속이 많이 달라졌다. 뉴스에서는 추석 연휴를 맞아 해외로 나가는 사람들이 그렇게 많다고 떠들어댄다. 인천공항이 해외여행을 떠나는 사람들 탓에 며칠째 몸살을 앓는다는 소식이 이어지는가 하면, 여행사들은 성수기를 맞아 함박웃음을 터뜨린다고도 하고, 그 덕분에 고속도로에서는 매번 되풀이되던 차량정체가 사라져버렸다는 보도가 이어진다. 하지만 그 모든 이야기는 우리 가족과는 거리가 멀다. 집에서 차례를 지내기도 해야 하지만 가족이 다 같이 모여 있는 날이라고 해봐야 함께 여행을 갈 수 있을 만큼 넉넉한 날수가 되질 못하기 때문이다.

우리 가족은 넷이다. 아내와 나를 비롯해 부산에 있는 한 학교의 의학전문대학원에 재학 중인 아들, 올해 초 한 신문사에 취직해 직장생활을 시작한 딸이 가족의 구성원 전부다. 사람의 생명을 다루는 학문이라서 그런지 아들은 공부하느라 매번 바쁘다며 방학 때가 아니면 얼굴을 잘 보여주질 않는다. 방학

이래도 고작 사나흘 잠깐 얼굴을 비쳤다가 이내 내려가 버리기 일쑤다. 서울이 직장인 딸은 수원인 집에서 출퇴근하고는 있지만 또 휴일이 많지 않다. 일주일에 고작 하루만 쉬는 게 신문이라 그 아이의 쉬는 날도 일주일에 하루뿐이다. 휴일이 적다보니 쉬는 날이 되면 또 나름 제 사무가 바쁘다. 취미생활이며 친구들과의 만남 등으로 집에 붙어 있는 날이 별로 없다. 전례 없이 긴 열흘간의 연휴가 이어진 이번 추석도 주어진 휴가는 단 사흘뿐이라며 딸아이는 연일 입술을 내밀고 다녔다. 그런 우리였으니 추석을 맞아 그나마 많지 않은 가족이 다 모일 수 있다는 사실에 만족할 수밖에.

한 집에 다 모였다고는 하지만 정작 우리가 맞대면을 하고 앉아있는 시간은 거의 없다. 오랜만에 집에 온 아들은 연휴가 끝나는 대로 시험이 있다며 제 방에 틀어박혀 잘 나오질 않았고, 딸은 여전히 집밖을 나돌았다. 아내는 차례준비를 한다며 시장으로 마트로 나다녔고 난 또 글을 쓴다는 핑계로 동네 주변의 카페를 맴돌았다. 명절이라 해봐야 도무지 명절 같은 기분이 날 리가 없다. 내가 어릴 때의 명절과는 사뭇 다른 풍경이다.

내 학창 시절 부산의 우리 집은 명절이면 그야말로 떠들썩했다. 8남매였던 우리 가족은 다른 어느 집보다도 북적거렸다. 내가 막내였던 탓에 이미 시집간 누나들이 여럿 있어 자형들이며 조카들도 가족의 범주 안에 포함되어 말 그대로 대가족이었던 것이다. 결혼한 누나들은 모두가 근처 가까이에 살고 있어서 풀 방구리에 쥐 드나들 듯 우리 집을 드나들었다. 우린 어머니가 부엌에서 명절 음식을 만들기가 무섭게 방으로 퍼 나르며 나눠먹기 바빴고 둘러앉아 이런 저런 이야기를 나누거나 게임을 하느라 시간가는 줄 몰랐다. 그런 시간들은 내가 결혼한 이후에도 더러 이어졌다. 타지에 사는 나였지만 명절이면 어머니 댁을 찾아 함께 차례를 지냈고 옛날과 같은 모습은 아니라 해도 그래도 가족들이 함께 모여 화투를 치기도 하고 주변 나들이도 하면서 명절 분위기를 내곤 했다.

그것이 사라진 건 불과 몇 년 전이다. 홀로 되신 어머니는 점점 연로해지셨고 아흔을 넘기면서부터는 차례준비하는 것도 힘들어하셨다. 결국 가족회의 끝에 차례는 우리 집에서 지내는 걸로 결정이 되었다. 하나뿐인 형님은 아직 독신이었고 나머지 가족들이래야 모두 누나들이라 시댁의 차례를 지내야 했다. 처음으로 우리 집에서 차례를 지내던 날, 나는 우리 가족의 모임이 사라져버렸다는 것을 알았다. 형님은 명절도 없이 직업상 자신의 일이 바빴고, 시댁이 있는 누나들은 부산을 떠나기가 쉽지 않았다. 어머니는 어머니대로 혼자서 기차며 버스를 타고서 먼 거리를 오가는 것이 불가능했다. 명절이 기쁘고 유쾌한 날이 아니라 외롭고 허전한 날이 되기 시작한 것이다. 그때부터 명절은 우리 가족이 아닌 내 가족만의 행사가 되어버렸다.

저녁식사를 할 때였다. 네 식구가 둘러앉으면서 자연스레 대화의 분위기가 조성되었다. 먼저 말문을 연 건 아내였다. 그녀는 가족이라고 다 모였지만 정작 함께 하는 시간은 거의 없다며 투덜거렸다. 맞는 말이라며 내가 거들었다. 그러자 자신 역시 문제의 원인을 제공한 당사자임을 모르지 않던 딸아이가 결연한 표정을 지으며 불쑥 말했다.

"그럼 엄마는 어떻게 했으면 좋겠어?"

아내는 미리 생각해둔 게 있었던지 거침없이 대답했다.

"이번 추석연휴에 꼭 해보고 싶은 엄마의 버킷리스트가 있어. 그 중에서도 제일 하고 싶은 거, 그건 가족 네 명 모두가 함께 아파트 산책길을 걷는 거야. 어때, 식사가 끝나는 대로 그걸 해보는 게."

아내는 그렇게라도 자식들과 함께 시간을 보내며 무언가를 이야기하고 싶었는지 모른다. 곰곰이 생각해보니 좋은 의견인 것 같았다. 나도 즉각 찬성하고 나섰다. 딸은 대체로 중립적인 입장이었고 아들은 반대를 표명했다.

"난 싫어."

그러나 말투에는 언제든 중심추가 찬성 쪽으로 기울 수 있다는 여지가 포함되어 있었다. 그걸 눈치 챈 나는 아들을 설득했다. 엄마의 버킷리스트라는데 삼십 분 정도도 양보하지 못하냐고 다분히 감정적으로 접근했다. 딸도 어느새 마음이 돌아서 제 오빠를 구슬리고 있었다. 못이긴 나머지 아들은 뜻을 굽히며 방으로 들어가 옷을 갈아입었다.

산책로는 1.5 킬로미터 정도 되는 코스다. 많은 사람들이 귀성행렬 내지는 여행을 떠난 탓인지, 매일 저녁이면 운동을 하는 사람들로 붐비던 그 길은 한산했다. 둥근 달빛과 가로등 불빛만이 어두워가는 거리의 벗이 되어있었다. 가족 모두가 이렇게 함께 길을 걷는 게 참으로 오랜만인 것 같았다. 몇 발자국 옮겨놓지 않아 산책 자체가 싫다고 하던 아들이 먼저 말문을 열었다.

"언제 우리도 당일치기라도 좋으니 가까운 교외로 여행 한 번 가요."

전혀 예상 밖의 말이었지만 나는 이해가 갔다. 그건 분명 버킷리스트라는 표현까지 동원하며 함께 걷고 싶다고 말하던 아내에 대한 일종의 배려가 틀림없었다. 딸이 덩달아 한 마디를 보탰다.

"그래, 강릉으로 가자. 바다도 보고 카페에서 커피도 마시고."

신바람이 나는지 아내는 그 자리에서 바로 약속을 하려는 태세였다.

"그럼 올겨울 방학 때 시간 맞춰 강릉엘 한번 다녀오는 게 어때? 여보, 당신도 괜찮죠?"

나는 아내의 의견에 전폭적인 지지를 보냈다. 우린 여행이야기로 화제의 꽃을 피우며 산책을 계속했다. 하지만 약속이 제대로 지켜질지는 여전히 미지수였다. 말처럼 쉬웠다면 우리가 지금까지 이렇게 살았을까? 그래도 나는 좋았다. 오늘 이렇게나마 같이 이야기를 나누고 함께 하며 시간을 보낼 수 있다는 게 더없는 기쁨이었다.

어느덧 산책은 막바지에 이르렀다. 우리 집의 입구가 저만치서 보였다. 딸이 마지막을 알리기라도 하듯 나에게 말했다.

"엄마 버킷리스트를 하나 들어주었으니 이제는 아빠가 한번 말씀해보세요. 이번 연휴 때 가장 해보고 싶었던 거, 버킷리스트 1호, 그게 뭐예요?"

나는 망설임 없이 답했다. 나라고 해보고 싶은 게 없었을 리 만무하다.

"내 버킷리스트? 당연히 있지. 그건 말이야. 이렇게 가족이 아파트 산책로를 한 바퀴 더 도는 거."

아들의 눈이 갑자기 휘둥그레졌다. 아내는 그저 웃기만 했다. 그 사이 우리는 아파트의 우리 집 입구를 지나쳐 계속 산책로를 걷고 있었다.

아내의 경제원리

　오후에 안양에 다녀오기로 아내와 약속이 되어 있었다. 작년 이맘때쯤 안양의 한 은행에 저축한 돈이 만기가 도래해서다. 수원에서 굳이 안양까지 저축을 하러갈 정도의 특별한 이유가 있었던 것은 아니었다. 단지 그 은행의 예금이자가 다른 곳보다 0.1 퍼센트 더 높았기 때문이다. 저축액수가 고작해야 기천만원 정도였기에 그 정도의 이자 차이는 어쩌면 왔다 갔다 하며 우리가 쓰는 버스비보다 더 적은 돈인지 모른다. 그럼에도 한사코 높은 이자를 고집했던 아내였다.

　도서관에서 책을 읽다가 약속시간에 맞춰 귀가한 나는 아내와 함께 외출을 했다. 가는 도중 아내는 버스 안에서 스마트폰으로 줄곧 무언가를 검색하고 있었다. 아내의 행동에 상관없이 나는 가방 속에 든 책을 꺼내 읽었다. 그 사이 버스는 우리를 은행까지 데려다주었고 예금의 해지도 무사히 마쳤다. 특별히 목

돈의 쓰임새가 없다고 생각한 내가 그 돈을 재예치하려 했을 때였다. 아내는 한사코 반대하며 그 돈을 다 찾겠다고 나섰다. 어리둥절했던 나로서는 그 이유를 몇 번이고 물을 수밖에 없었지만 아내의 입은 계속 닫혀 있다가 은행 문을 나서는 순간에서야 열렸다.

"저쪽 은행에 가면 이자가 0.1 퍼센트 더 높아요."

그 말을 듣고서야 나는 아내가 버스 안에서 그토록 열심히 검색하던 것이 주변 은행의 금리였다는 사실을 알았다. 내 질문에 벙어리 행세를 했던 것도 은행직원 앞에서 차마 다른 은행에 예금하겠다는 말을 못해 그런 것이었다.

난 할 말을 잃은 채 고분고분 아내의 뒤를 따랐다. 다른 은행에 도착해 아내가 모든 일처리를 마무리한 후였다. 난 이왕 나온 김에 밖에서 식사나 하고 가자며 아내의 손을 붙들었다. 사실 식사를 하자는 건 핑계였을 뿐 오랜만에 아내와 맥주를 한 잔 나누고 싶었던 것이다. 마침 우리 앞에 그럴싸한 횟집이 하나 보였다. 그곳에 들어가려는 나를 아내는 이번에도 만류했다. 아직 이른 시간이니 어디 가서 간단하게 요기라도 하고나서 이슥해지면 술을 마시자는 것이었다. 나름 일리 있는 말이었다. 아내는 미리 정해둔 곳이라도 있는지 아무런 망설임 없이 내 손을 잡아끌었다. 따라간 곳은 시장통에 있는 허름한 칼국수 집이었다. 도착하자마자 아내는 호기롭게 칼국수 두 그릇을 시켰다. 메뉴판에는 칼국수의 가격이 3,500원으로 적혀있었다.

식사를 마치자 아내는 소화도 시킬 겸 시장을 한 바퀴 둘러보자고 말했다. 한 시간쯤에 걸쳐 시장구경이 마쳐지고, 난 으레 아까 그 횟집으로 발걸음을 하겠거니 했다. 그러나 아내가 향한 다음 행선지는 버스정류소였다. 난 왜 집으로 가냐는 따짐의 시선을 보냈다. 아내의 이어지는 말이 가관이었다. 아직은 배가 꺼지지 않았으니 집으로 가 프랜차이즈 치킨을 주문해 맥주와 함께 먹자는 것이었다. 조금씩 말을 바꾸어가는 아내가 못마땅했지만 그렇다고 길거리에서 실랑이를 벌일 수는 없었다. 더군다나 오늘은 야구중계도 있는 날이고 하니 뭐 중계방송을 보면서 맥주를 마시는 것도 괜찮다는 생각이 들었다.

하지만 그것으로 아내의 뒤집기가 모두 끝난 것은 아니었다. 버스가 집주변 가까이 접근하자 프랜차이즈 치킨은 집에서 직접 만든 안주로 바뀌었다. 거기다 아내는 바깥음식이 건강에 좋을 리 없다는 나름의 합리화로 자신의 제안을 완벽하게 포장하고 있었다. 어처구니가 없었지만 달리 선택할 대안도 보이지 않았다. 아무런 대답을 하지 않는 나를 두고 아내는 대답이 없음은 곧 긍정을 뜻한다며 제 멋대로 해석까지 했다.

버스에서 내려 집까지 짧은 거리를 걷는 동안 오늘 하루 종일 아내의 교묘한 말과 사탕발림에 철저하게 농락당했다는 생각이 들었다. 생선회와 싸구려 칼국수, 그리고 치킨에 이어 자신이 만든 안주에 이르기까지 이 모든 것이 용의주도하게 계산되었던 것인지도 모른다. 처음부터 아내는 외식으로 돈을 낭비하고 싶은 생각이 없었던 게 틀림없다. 0.1퍼센트의 금리 차이 때문에 수원에서 안양까지 발품을 파는 사람이 아닌가.

그러나 경제성의 측면에서 따지자면 그런 행위가 분명 옳은 것만은 아니다. 아내는 간과하고 있었다. 눈에 보이는 절약만을 실천하려 했을 뿐 그 사이에 낭비되는 다른 요소들을 고려하지 않은 것이다. 0.1퍼센트의 이자를 더 얻기 위해 우리는 많은 것을 버려야했다. 두 사람의 버스비는 차치하고라도 종일 걷느라 닳은 두 사람의 신발비용이며 소모한 에너지도 무시할 수는 없다. 수원에서 안양을 오가며 소비한 우리들의 시간은 또 어떠한가. 횟집에서도 그렇다. 생선회 값은 아낄 수 있었는지 몰라도 그곳에서 우리가 누릴 수 있었던 낭만적 분위기는 포기해야했다. 두 사람 사이의 관계를 더욱 친밀하게 해줄 기회를 걷어찬 것이나 마찬가지다. 돈이야 다시 얻을 수 있는 것이지만 결코 되돌릴 수 없는 시간이나 분위기라는 것을 감안하면 실로 경제성이 없는 어리석은 짓을 한 것이라 말할 수도 있다. 물론 현 시점에서 우리 두 사람의 시간적 가치와 기회비용을 정확히 환산할 수는 없는 일이지만 어쨌거나 낭비한 부분이 있는 것만큼은 틀림없다.

아내가 팔짱을 껴왔다. 그리고는 나지막이 속삭였다.

"빨리 가요, 야구 곧 시작하겠어요."

아내의 말에 난 더 이상 아무 것도 따지지 않기로 했다. 몇 푼을 아꼈다고 한껏 고양되어 있을 아내의 기분을 굳이 망칠 필요까지는 없었다. 경제성을 거론하며 아내의 행위를 반박해봐야 우리가 오늘 낭비한 마이너스 요인만 더 늘어날 뿐이고, 그것 또한 경제성의 원리에 위배되는 일일 테니까.

음식, 맛, 그리고 요리

아내에게서 문자가 왔다. '3시에 만나면 될 것 같아요.' 다른 볼 일이 있다며 아침에 집을 나갔던 아내는 그렇게 약속시간을 정하며 제 일이 다 끝났음을 알려왔다. 시계를 보니 오후 2시가 가까워지는 중이었다. 우리가 만나기로 한 곳은 서울 종로에 있는 한 서점이다. 집에서 그곳까지는 버스와 전철을 갈아타며 가야했고 족히 삼사십 분은 걸려야 도착할 수 있는 거리다. 점심때가 지난 만큼 배가 많이 고파왔다. 아내의 외출 탓에 아침조차 거른 나였다.

배가 고픈들 뚜렷한 해결책이 보이지 않았다. 내 손으로 직접 무언가를 만들어 먹을 재간이 없는 탓이다. 요리랍시고 해본 적도 없거니와 해보려고 꿈도 꾸지 않았으니 그럴 수밖에. 유일하게 할 줄 아는 게 라면을 끓이는 일이지만 그것도 쉽지 않았다. 식기며 수저가 어디에 놓여있는지조차 모르는 내가 주방에서 라면을 찾는 일이 어디 쉬운 일이겠는가. 차라리 좀 일찍 집을 나서 정류소로 가는 길목에 있는 분식집에 들러 김밥을 한 줄 사먹는 게 몇 백 배나 훌륭한 계책이다. 난 몸을 일으켰다.

지금은 돌아가셨지만 아버지는 말 그대로 완고한 선비였다. 난 자라면서 단 한 번도 당신께서 부엌출입하시는 걸 보지 못했다. 나 역시 남자였으니 아버지와 크게 다를 바 없었다. 어머니조차도 그걸 당연하게 여기며 내가 부엌에 얼씬거리는 걸 싫어했다. 덕분에 나는 결혼을 하고 가정을 꾸린 이후로 줄곧 아내와 딸의 따가운 눈총을 받아야했다. 오늘처럼 집에 혼자 남게 되는 날 끼니 문제가 생기는 것도 거기서 비롯되는 일이다.

대신 나에게는 남다른 면이 있다. 나는 맛이라는 게 도무지 무언지 모른다. 얼핏 들으면 지독한 음식기피자인 것처럼 보이지만 사실은 그와 정반대다. 난 무엇이든 잘 먹는다. 그것도 아주 맛있게 먹는다. 맛과 상관없이 모든 음식을 좋아한다. 그러니 아내가 해주는 음식에 이러쿵저러쿵 불평하는 일이 있을 리 만무하다. 난 아직도 아내의 요리솜씨가 엉망인지 훌륭한지 알지 못한다. 부엌일이라면 손가락 하나 까딱 않는 나였지만 지금까지 아내와 딸아이를 통해 밥을 굶지 않을 수 있었던 이유는 바로 그 때문이다. 맛을 모르는 것이 나만의 생존전략이었던 셈이다.

서점에 들어서자 나를 먼저 발견한 아내가 저만치서 손을 흔들고 있었다. 한 손에 책을 든 그녀는 내가 다가가자 남은 한 손으로 평대에 쌓인 노란표지의 책을 가리켰다. 음식의 맛에 관한 내용을 다룬 나의 첫 번역서였다. 오늘은 그 책이 처음으로 서점에 얼굴을 내미는 날이다. 우리가 오늘 서점에서 만나기로 한 목적도 바로 그 책을 찾아보기 위해서다. 나는 기념 삼아 몇 장의 사진을 찍었다. 찍은 사진들은 간단히 적은 출간소회와 함께 자주 사용하는 SNS 계정에 올려졌다. '내가 번역한 책이 출간되었다. 음식의 맛에 관한 책이다. 번역을 하는 동안 맛의 신비에 대해 많은 것을 배웠다. 맛의 문외한임을 자처하던 내가, 아니 맛을 애써 외면하던 내가 맛에 관심을 갖게 된 것이다. 내 책의 출간소식에 더해 소소하게 전해져오는 나의 또 다른 즐거움이다.'

글이 게재되었음을 확인하는 순간 문득 지금부터야말로 내가 맛에 대한 시각을 달리 할 때가 아닌가 하는 생각이 들었다. 그래, 미식가라거나 식도락을 즐기는 사람까지는 아니어도 좋다. 더 이상 맛에 대한 무지를 생존전략이라는 이름으로 포장하거나 미화시키지는 말자. 아주 조금씩이나마 맛을 알고 느끼려는 노력을 시도해보자. 어쩌면 그것은 맛 책을 번역한 사람으로서의 의무일는지도 모른다.

그렇다면 어떻게 해야 하는 것일까? 의외로 해답은 가까이에 있었다. 내 몸 속에서 퇴화되어가던 미각을 깨우기만 하면 되는 것이다. 어려운 일도 아니다. 미각이라는 놈의 정체가 지식이 아니라 느낌이니만큼, 다양한 체험만으로도 충분히 습득할 수 있는 것이 바로 그것이다. 내가 번역했던 책의 저자가 추천한 것처럼 와인을 몇 병 사서 그 향과 맛을 느끼는 연습을 하는 것도 좋은 방법이 될 것이다. 미각을 살리는 것은 물론 와인의 풍미까지 터득할 수 있으니 애주가인 나에게 이보다 더 멋진 일이 어디 있으랴.

할 일은 또 있었다. 맛을 알기 위해서는 요리와도 친해져야 한다. 그 말은 50년 이상 내가 지켜왔던 부엌출입금지라는 타부를 스스로 깨트려야한다는 뜻이다. 당장 오늘 집에 도착하는 대로 주방으로 들어가 직접 프라이팬을 잡아보면 어떨까? 처음에야 서툴고 어색하겠지만 그것도 금세 자연스러워질 것이다. 아내라는 훌륭한 선생이 곁에 있지 않은가. 이런 시도들을 거듭하다보면 내 인생은 더욱 윤택해질 것이 분명하다. 새로운 인생으로 향하는 전환점이 될 수도 있는 일이다. 갑자기 음식, 맛, 요리, 이런 단어들이 친숙하게 느껴졌다.

　지하철을 타고 돌아오는 길, 옆에 앉은 아내의 얼굴을 쳐다보았다. 궁금했다. 매일 와인을 앞에 두고 코를 킁킁 대면서 입맛을 다시는 나에게 그녀는 무슨 말을 할지. 주방에서 앞치마를 두르고 프라이팬을 잡은 내 모습을 보면서는 또 어떤 표정을 지을지. 술 마시기 위한 핑계라며 간단히 평가절하 해버리거나, 괜한 일을 벌여 사람 귀찮게 한다며 부엌에서 내쫓는 거나 아닌지 모르겠다. 그런 생각을 하자 저절로 웃음이 터져 나왔다. 돌아보는 아내가 무슨 영문인지 몰라 눈을 더욱 크게 뜨며 귓속말을 속삭여왔다.

　"왜 그래요, 당신. 무슨 좋은 일 있어요?"

마트 할인행사

아침밥을 먹기가 무섭게 아내는 오늘의 일과를 되뇌었다.

"마트 들렀다가 휴대폰 서비스센터 꼭 가야 해요. 잊지 않았죠?"

내 볼일인 서비스센터를 방문하는 것이 외출의 주목적인 양 아내의 목소리에는 그곳에 더 악센트가 들어갔다. 하지만 끄트머리에 혹시라도 내가 잊었을까를 염려하는 말이 붙은 걸로 봐서 무엇보다 김장배추를 못살까봐 걱정하는 기색이 뚜렷했다. 나는 심드렁하니 아노라는 대답을 하며 외투를 걸쳐 입는 것으로 외출준비를 마쳤다.

며칠 전이었다. 집으로 마트의 광고전단지가 한 장 날아들었다. 그곳에는 김장용 배추의 할인행사 내용이 적혀있었다. 그걸 보는 순간부터 아내는 나에게 마트에 함께 동행해줄 것을 요구했다. 단출한 식구라 많은 양은 아니라 해도 그래도 김장인 마당에 배추를 혼자 운반하는 일이 결코 수월하지 않았던 것이다. 귀찮기만 했던 나는 요리조리 빠져나갈 궁리를 일삼았지만 아내는 나보다 훨씬 영악했다. 그녀는 내가 보조배터리를 사려고 마음먹고 있다는 사실을 십분 활용했다.

내 핸드폰에는 여분의 배터리가 없었다. 게다가 열차나 버스로 장거리 여행을 할 때 노트북을 자주 사용하던 나는 노트북의 배터리문제로도 골머리를 앓는 중이었다. 결국 두 가지 문제를 모두 해결하기 위해서는 용량이 좀 큰 보조배터리의 구입이 필요하다는 결론에 도달했고, 그 말을 언젠가 아내에게 한 적이 있었다. 그걸 기억한 아내는 마트 주변에 있는 핸드폰 서비스센터에 주목했고 보조배터리를 배추운반과 연계시키게 된 것 같았다. 난 아내의 제안이 결코 선의가 아닌 나의 힘을 활용하기 위한 방법이라 의심을 하면서도 보조배터리의 유혹을 거부하지 못했다.

마트에 도착하자마자 아내는 내 손을 이끌다시피 하며 배추들이 잔뜩 놓인 매대로 달려갔다. 아침이었지만 김장철인데다 할인행사가 시작되는 날이라 붐빌 거라던 아내의 말과 달리 매장은 한산했다. 아내는 가격표를 이리저리 들쳐보며 원하는 물건을 찾기 바빴다. 쉬 찾아지지 않았던지 한참을 헤매던 아내가 한쪽 끝에 서 있는 매장 직원 쪽으로 향하는 모습이 보였다. 그럴 것이 나 역시 아내가 말한 가격대의 배추를 계속 추적했지만 좀체 그런 물건은 시야에 들어오지 않았던 것이다.

잠시 후 겸연쩍은 미소를 지으며 아내가 내 쪽으로 돌아왔다. 카트를 멈추어 세운 나는 눈짓으로 돌아온 이유를 물었다. 아내는 아무 말 없이 카트를 끌며 웃기만 했다. 발길은 이미 출구 쪽으로 돌려진 채였고 뒷모습에서는 그 자리를 빨리 벗어나려는 황급함이 잔뜩 배어있었다. 어느 정도 멀어졌을 때였다. 아내는 참았던 웃음을 터뜨리며 이유를 이렇게 설명했다.

행사물건이 보이지 않자 아내는 담당직원을 찾아가 그 까닭을 물었다. 직원은 일정금액 이상 물건을 구입하는 사람에 한해 할인 행사를 시행하는 것이며, 별도로 할인가격이 상품에 표기되는 것이 아니라, 계산대에서 전체 물건 값을 계산할 때 조건이 만족되면 자동으로 그 액수만큼 할인되어 계산되는 거라고 대답해주었다. 아무리 생각해도 살 거라고는 먹을거리 몇 가지 밖에 없던 아내로서는 그 금액만큼 물건을 구입하는 게 불가능하다는 걸 알았다. 할인가격으로 배추를 구입할 수 없다는 판단이 서자 아내는 화가 치밀어 올랐다. 마침내 전단지로 눈속임하며 과대광고를 한 것이 아니냐고 직원에게 따져 묻기에 이르렀다. 어이가 없었던지 직원은 옆에 보관되어있던 전단지로 확인을 시켜주었다. 그곳에는 할인의 조건이 작은 글자도 아닌 아주 큰 글씨체로 떡하니 적혀있었다. 미안한 마음을 금할 길 없던 아내는 뒤도 돌아보지 않은 채 부리나케 줄행랑을 치다시피 했다는 것이다.

　나도 모르게 웃음이 나왔지만 오늘 배추를 사지 않으면 다음에 또 한 번 내가 와야 한다는 생각이 들었다. 도대체 얼마가 할인이 되나 아내 몰래 계산해보았다. 배추포기수를 대충 어림잡아보니 불과 몇 천원 차이다. 난 아내에게 할인되지 않더라도 그냥 사서 돌아가자고 말했다. 아내는 펄쩍 뛰었다. 좀 기다리다보면 다른 마트에서 또 할인행사를 하는 날이 올 것인데 왜 쓸데없이 낭비를 하느냐는 말이었다. 머쓱해진 나는 더 이상 아무 말도 할 수 없었다.

　휴대폰 서비스센터로 이동했다. 난 사려던 보조배터리를 쉽게 발견했다. 아내 역시 잘 알고 있었던지 손가락으로 그걸 가리켰다. 거기에는 팔만 오천 원이라는 가격표가 붙어있었다. 구입하겠다는 말이 입에서 떨어지지 않았다. 망설이고 있는 사이 아내가 왜 안사냐는 의문의 눈길을 보내왔다. 조금 전 몇 천원을 아끼겠다고 마트의 직원과 실랑이를 벌이던 아내의 모습이 고스란히 떠올랐다. 내 눈길이 보조배터리와 아내 사이를 몇 차례 오갔다.

　보조배터리 옆으로 휴대폰 배터리들도 전시되어 있었다. 내 휴대폰에 맞는 배터리도 거기에 있었다. 가격표로 눈길이 먼저 갔다. 일만 오천 원이다. 잠시 휴대폰 배터리와 보조배터리 두 가지를 두고 효용성을 비교해보았다. 나에게 당장 급한 건 휴대폰 배터리일 뿐이다. 워낙에 용량이 적어 한 나절만 써도 방전이 되어버리곤 했으니 그것만큼은 구입을 미룰 수가 없다. 그러나 노트북의 배터리는 다르다. 보조배터리까지 써가며 노트북을 사용할 날이 과연 일 년에 며칠이나 될까. 결국 보조배터리를 사려던 계획은 휴대폰 배터리로 변경되었다.

　계산대에 섰다. 지갑을 꺼냈다. 카드를 끄집어내려는데 또 다시 옆에 서 있는 아내의 얼굴이 보였다. 할 수 없이 카드를 도로 밀어 넣고 현금을 꺼냈다. 아내가 눈을 동그랗게 떴다. 그런 아내의 귓가로 입을 가져가서 속삭였다.

　"이건 내 용돈으로 살게."

지진대피

갑자기 무슨 경보음 같은 소리가 길게 이어졌다. 바로 앞에서 울리는 소리였다. 맞은편에 앉은 한 젊은 청년이 자신의 핸드폰을 꺼내더니 황급하게 소리를 죽이려는 행동을 취했다. 소리는 쉽게 사라지지 않았다. 도서관 열람실이었던 만큼 많은 사람들의 따가운 시선이 그쪽으로 쏠렸다. 청년이 소리와 잠깐 시름하는 사이 이번에는 여기저기서 우후죽순으로 같은 소리가 번져났다. 내 핸드폰에서조차 소리가 울렸다. 얼른 폰을 꺼내들었으나 나 역시 소리를 죽일 수 없었다. 소리의 근원은 다름 아닌 긴급재난문자였다. 문자의 말풍선 안에는 포항에서 5.5 규모의 지진이 발생했다는 글이 담겨 있었다.

문자를 확인하는 순간 몇 초간 건물 전체가 흔들거렸다. 흔들림은 제법 정도가 컸다. 방금 문자로 확인한 지진이 400킬로 가까이 떨어진 이 도서관까지 전달되어 왔던 게 틀림없다. 무어라 말할 새도 없이 놀란 사람들이 자리에서 일어나 와르르 밖으로 뛰어나갔다. 엉겁결에 나도 따라 나갔다. 몸으로 직접 지진을 느끼기는 처음이었다.

일부 사람들이 계단을 타고 1층으로 내려갔지만 3층 복도에는 여전히 많은 사람들이 서성거렸다. 나 역시 우물쭈물하며 그들 사이에 끼어있었다. 마음 한 편에서는 설마 무슨 일이야 있을까 하는 안이함이 스멀스멀 피어올랐다. 안이 함은 시간의 흐름과 함께 긴장을 이완시켰다. 공포심이 진정되면서 책상 위에 두고 온 내 소유물들이 걱정되기 시작했다. 무엇보다 먼저 노트북 속에 저장된 번역원고가 떠올랐다. 새로운 책에 대한 번역이 거의 끝나가던 중이라 노트북 이 파손되거나 분실되면 이보다 더한 낭패가 없다. 노트북만이라도 들고 나와 야겠다는 생각에 난 열람실 쪽으로 몸을 돌렸다. 자리로 가자마자 전원을 분리 해 노트북을 수중에 넣었다. 잠시 안도할 수 있었지만 이번에는 지갑속의 물건 들이 떠올랐다. 각종 신용카드와 신분증, 그리고 약간의 현금이 그 안에 있었 다. 그것들을 분실하면 불편한 일이 한두 가지가 아니다. 가방에서 지갑을 꺼 냈다. 그러는 사이에 또 시간이 흘렀다. 이럴 거면 아예 가방을 싸서 나가는 게 좋지 않을까 싶었다. 결국 나는 가방을 완전히 꾸려서야 열람실을 떠날 수 있 었다.

스피커를 타고 방송이 흘러나왔다. 포항에서 지진이 발생했다는 이야기였 지만 어떻게 행동하라는 지침은 없었다. 지진의 영향이 이곳까지 미치지 않을 거라는 의미로 해석한 것인지 많은 사람들이 되돌아오고 있었다. 사람들이 하 나둘씩 제자리를 찾아 들어갔다. 하지만 나는 돌아갈 수가 없었다. 지진으로 인한 흔들림이 나에게는 그만큼 위협적이었다. 뿐만 아니라 내 지식에 의하면 지진이란 놈은 결코 단 한 차례로 끝나는 법이 없다. 본진에는 필연적으로 여 진이 따르기 마련이고 여진이 본진보다 더 큰 경우도 심심찮다. 난 아무런 계획이 없으면서도 계단을 내려와 도서관을 벗어났다.

가족들이 생각났다. 제일 먼저 아내에게 전화를 했지만 전화를 받을 수 없다는 안내 멘트만 흘러나왔다. 홀로 계신 어머니도 걱정이었다. 더군다나 어머니가 계신 곳은 진원지인 포항과 가까운 부산이다. 전화를 해보았다. 어머니는 지진 이야기에 무슨 생뚱맞은 소리냐며 웃음을 흘리시기만 했다. TV를 시청하면서 지진 소식에 귀를 기울여 잘 대비하라는 말을 남기긴 했지만 별로 신경 쓰지 않는 듯한 어머니 태도에 불안감은 수그러들지 않았다. 아이들에게도 연락을 해보겠다며 전화기를 만지작거리는데 아내에게서 전화가 왔다. 아내 역시 지진에 대해서는 전혀 모르는 상태였다. 내가 겪은 것들을 이야기해주자 그때서야 사태를 짐작한 듯 아내는 아이들에게 연락해보겠다며 전화를 끊었다.

일단 귀가하기로 마음먹었다. 돌아오는 도중에 오늘 벌어졌던 일들이 계속 머릿속에 떠오르면서 간간이 몇 가지 의구심이 그 틈바구니를 채워왔다. 만약 이곳에서 큰 지진이 발생했다면 어땠을까? 오늘 나의 행동으로 미루어보았을 때 그 결과는 충분히 짐작 가능했다. 끔찍한 상황이 전개되었을 것이 분명하다. 도서관에서 노트북이며 지갑 같은 하찮은 것들에 신경 쓰며 우왕좌왕하는 사이 건물은 무너져 내렸을 것이다. 아내와 어머니 역시 크게 다르지 않다. 재난경보 방송을 하고 문자가 수신되었지만 지진의 발생 사실조차 모르던 사람들이다. 자신의 생명을 지키는 일에 그렇게 무방비일 수가 없었다. 아이들도 모두 제 할 일에 쫓겨 그저 무관심으로 일관했을 게 뻔했다. 이래서는 안 되겠다는 생각이 들었다.

집에 도착하자 아내는 무언가를 한참 정리하는 중이었다. 몇 개의 주머니가 방 여기저기에 흩어져있었고 손전등이며 침낭 같은 것들이 어수선하게 펼쳐져 있었다. 초콜릿이며 라면 등속이 삐죽하니 고개를 내민 주머니도 보였다.

인기척을 하자 아내는 고개를 들어 올렸다.

"여보, 우리도 지진에 대비해야겠어요. 오늘 일에 하도 놀라 급한 김에 비상식량하고 응급물품 몇 가지만이라도 준비해봤어요. 그리고 이것 좀 봐주세요, 혹시 뭐 빠진 거라도 있는지?"

아내가 건네는 종이를 받아들었다. 그곳에는 비상상황이 발생하면 급히 지니고 나가야할 것들이 서너 가지 적혀있었다. 목록을 살펴본 내가 아침의 상황이 생각나 웃으며 아내에게 말했다.

"내게는 노트북이 제일 소중한데 그걸 추가해 달라고 해도 되려나?"

"참, 당신도. 일단 알았어요. 그리고 저……, 어머니께도 비상물품 꼭 준비하라고 전화 드렸어요."

이어지는 아내의 목소리가 한결 쾌활했다.

셋째누나

부산의 남포동에서 가졌던 대학 동아리 친구들과의 만남이 끝났다. 귀가를 하려면 부산역으로 가 수원행 기차를 타야한다. 기차시간까지는 아직 여유가 많았다. 난 악수를 나누며 그들과 인사한 뒤 부산역 방향이 아닌 자갈치 시장 쪽으로 접어들었다. 내가 태어나 30여 년 전까지 살았던 옛집을 방문해보고 싶었던 까닭이다. 집은 영도다리를 건너면 바로 인근에 위치해있었기에 굳이 버스를 타지 않고 걷더라도 10분 정도면 충분히 도착할 수 있는 거리다.

그저 막연하게 옛날을 추억한다는 생각으로 걷던 발걸음이 영도다리를 건너면서 차츰 느려졌다. 조금씩 구체화되기 시작한 기억들이 하나 둘 생생하게 머릿속을 채워왔다. 아름답고 기분 좋은 기억들보다는 안타깝고 아쉬운 기억들이 먼저 찾아왔다. 옛집 근처의 버스 정류소에 도착했다. 정류소의 모습은 예전과 많이 달랐지만 위치는 그대로였다.

고등학교 2학년의 어느 날이었다. 난 학원수업을 빼먹었다. 그 사실을 어머니께는 숨기기로 마음먹었다. 어렵사리 학원비를 마련해준 걸 모르지 않는 터에 어머니를 실망시킬 수는 없었다. 엉뚱한 곳을 떠돌아다니다 학원이 마쳐지는 시간에 맞추어 귀가를 서둘렀다. 정류소에 도착한 버스에서 막 내리는 순간 다섯째누나의 모습이 보였다. 나를 기다리고 있었던 게 틀림없다. 순간 나는 움찔했다. 학원을 빼먹은 사실이 들통 난 줄만 알았다. 우물쭈물 누나의 표정을 살피는데 누나의 눈에서 눈물이 굴러 떨어졌다. 이어지는 말은 나의 가슴을 미어지게 만들었다.

"언니가, 언니가……."

다름 아닌 셋째누나의 죽음을 알리는 흐느낌이었다. 난 집까지 그냥 내처 달렸다. 도착해보니 벌써 누나의 얼굴 위에는 하얀 천이 덮여있었다. 학원 수업을 빼먹고는 종일 시내버스를 타고 종점에서 종점을 돌아다니다 돌아온 그날 난 스물여덟 살 꽃다운 나이의 누나를 저 세상으로 보내고 말았다. 몇 시간 전 학원을 간다고 집을 나서는 나에게 잘 갔다 오라며 보낸 웃음이 누나의 마지막 모습이었다.

몇 걸음 더 옮기자 은행건물이 보였다. 그 자리는 당시 병원이었다. 병원의 이름까지도 기억났다. 누나는 어머니의 손에 이끌려 처음으로 그 병원엘 갔었다. 진찰 결과는 위암말기였다. 이미 돌이킬 수 없었던지 의사는 누나의 상태를 보고 손을 내저었다고 한다. 병원에서 돌아온 어머니는 우리에게 누나의 발병사실을 숨겼다. 알리는 순간 누나에게도 더 이상 숨길 수 없다는 판단에서였지 싶다. 옳고 그름을 떠나서 이 세상 어느 부모가 시한부 삶을 선고받은 자식에게 그걸 알릴 수 있을까? 누나의 병을 내가 알게 된 것은 누나가 세상을 뜨기 불과 며칠 전이었다. 무슨 일 때문이었는지는 정확히 기억할 수 없지만 난 그 때 누나에게 자주 짜증을 냈다. 그걸 보다 못한 어머니가 눈물을 글썽이며 나에게 살짝 귓속말을 했던 것이다.

"누나에게 그러지마. 살날이 얼마 남지 않았다는데…….."

설마 하면서 난 그 말을 믿지 않았다. 아니 믿지 않으려 했다. 결국 나의 짜증은 멈추지 않은 채 계속 이어졌다. 그건 두고두고 내 가슴속에 한으로 남았다. 아직도 그 생각만 하면 가슴이 먹먹해진다.

어릴 때 뛰어놀던 골목으로 들어섰다. 그렇게 넓어보이던 골목길이었건만 이제 보니 차 한 대가 겨우 지나다닐 만한 좁은 길이다. 불어난 내 몸집 탓인지, 최근의 넓어진 도로에 내 시야가 익숙해진 탓인지 이유가 무엇인지는 알 수 없다. 분명 그곳에서 고무신을 신고 달리기를 하기도 했고 조그만 고무공으로 축구도 했었는데. 그 길을 빠져나오는 초등학교 때의 내 모습이 보였다. 셋째누나와 함께였던 어느 추운 겨울날이었다. 동생인 나를 공부시키기 위해 중학교를 졸업하면서부터 일찌감치 전자회사의 직공으로 돈벌이를 시작한 누나였다. 월급날이었으리라. 누나는 서양식 요리를 맛보게 해준다며 나를 데리고 시내로 향했다. 내 손을 꼭 잡아 자신의 코트주머니 속으로 넣으며 누나는 속삭였다.

"넌 공부 열심히 해서 꼭 서울대학에 가야 해. 무슨 일이 있어도 이 누나가 공부시킬 테니."

나는 서양요리를 먹으면서도 몇 번이나 약속했다. 꼭 서울대학엘 가겠노라고. 하지만 그건 이루어지지 않았고 난 지방의 국립대학에 합격하는 것으로 만족해야했다.

내가 살던 집은 크게 변하지 않은 모습이다. 겨우 열 평이나 될까 말까한 그 집의 면적은 말할 것도 없고 전체적인 형태도 거의 변함이 없었다. 고작해야 출입문 정도만 약간 구조를 달리하고 있을 뿐이다. 지붕은 여전히 기와지붕을 고수했지만 비가 새기라도 하는지 비닐이 쳐진 채 몇 개의 돌이 얹혀 바람에 날려가는 것을 막고 있었다. 구멍가게를 하던 옆집도 낡기는 매한가지였다. 다만 구멍가게의 흔적이 사라지고 한약방간판이 내걸린 게 차이라면 차이였다. 구멍가게에서도 난 셋째누나의 모습을 어김없이 떠올렸다.

초등학교 6학년 때였던 것으로 기억된다. 먹는 것에 굶주렸던 내가 그 구멍가게에서 과자를 하나 훔친 날이었다. 도둑질에 성공한 나는 집으로 돌아와 전리품을 가방 속에 숨겨두었다. 그날 저녁 어머니는 나를 불러 다그치셨다. 도둑질을 실토하고 그 물건을 내놓으라는 것이었다. 아마 도둑질을 지켜본 주인이 그 자리에서 나를 붙들지는 않고 살짝 어머니께만 귀띔을 했던 것 같다. 난 끝내 훔치지 않았노라고 거짓말을 하며 고집을 피웠다. 어머니께서는 셋째누나에게 내 가방을 가져와 뒤지라고 하기에 이르렀다. 가방을 뒤지고 난 누나는 어머니께 아무 것도 없노라 대답했다. 그것으로 나의 결백은 입증되었고 어머니께서는 구멍가게 아주머니의 불찰을 신랄하게 욕해대기 시작했다. 괜히 가슴 한 편이 찔렸던 나는 가방 속에 분명히 넣어둔 과자가 왜 없어졌을까 생각하며 혼자서 가방을 다시 뒤졌다. 예상 외로 과자는 가방에 그대로 있었다. 누나는 손에 과자가 잡혔지만 모른 체 눈을 감았던 것이다.

골목을 벗어나기 전에 난 옛집을 배경삼아 사진을 몇 장 찍었다. 그리고는 몸을 돌려 골목길을 빠져나왔다. 찬바람이 휙 불었다. 옷깃을 여미는데 바로 뒤에서 누군가 아저씨 하며부르는 소리가 들렸다. 고개를 돌렸다. 가녀린 몸매의 백발이 성성한 할머니 한분이 서 계셨다. 할머니는 천천히 다가와 내 눈을 빤히 쳐다보았다.

"혹시 옛날 이집에 살던 아들 아니시우? 순덕이 동생……."

순덕이는 셋째누나의 이름이다. 그 말을 듣는 순간 옛날 한 여자의 모습이 할머니의 얼굴 위에 살며시 겹쳐졌다. 틀림없었다. 할머니는 바로 앞집에 살던 셋째누나의 친구였다.

여행

벼르던 아내와의 여행이 오늘에서야 사흘 후 순천으로 떠나는 것으로 가닥
이 잡혔다. 아내의 의견이 십분 반영된 결과였다. 매스컴의 영향 또한 전혀 없
었다고는 말할 수 없다. 최근 들어서 어느 방송사 할 것 없이 서로 경쟁하듯 여
행을 주제로 한 TV 프로그램을 늘려가는 중이었으며 나 역시 그런 것에 은근
히 재미를 붙이며 살고 있었기 때문이다. 순천만 습지에서 요즈음 갈대축제가
벌어지고 있다는 소식을 들은 것도 며칠 전 한 TV 방송을 통해서였다.

날짜와 장소가 결정되자마자 난 기차표 예매를 서둘렀다. 모처럼 계획한 여
행이 혹시라도 열차편이 없어 무산되지 않을까하는 조바심에서였다. 평일이
라 그런지, 아니면 겨울이라 그런지 몰라도 순천행 열차편은 생각과 달리 좌석
에 여유가 많았다. 좌석 중에는 노트북 이용이 가능하다고 표시된 곳도 있었
다. 아마 노트북 전원을 연결할 수 있는 콘센트가 비치되어 있다는 뜻일 것이

다. 노트북을 이용할 수 있다니 더없이 만족스러웠다. 노트북으로 글까지 쓸 수 있다면 여행의 기쁨은 두 배로 늘어나지 않겠는가. 난 기대에 부풀며 두 사람의 순천행 왕복 좌석 예약을 순조롭게 마쳤다.

기차표 예매가 완료되었다는 얘기를 듣자마자 아내는 나를 불러 소파에 앉히며 리모컨을 눌러 TV를 켰다. 다섯 명의 남자가 순천을 떠도는 장면이 TV화면에 나타났다. 그들은 시청자들에게 유명한 여행지와 지역음식을 소개하고 있었다. 자세히 보았더니 요즘 한참 인기를 끄는 프로그램이긴 하지만 제법 시간이 지난 내용이었다. 방송 다시보기 기능을 이용해 여행할 곳에 대한 정보를 얻으려는 아내의 의도가 읽혔다. 국가정원의 아름다운 꽃과 나무들, 그리고 드넓은 갈대밭이 출연자들의 입담과 함께 화면에 펼쳐졌다. 보기만 해도 군침이 도는 음식들이 중간 중간에 소개되기도 했다. 아내는 무언가를 열심히 메모했다. 그들이 이야기하는 하나하나를 여행지에서 그대로 느껴보려는 것 같았다.

방송이 끝나기가 무섭게 아내는 곧장 다른 프로그램을 또 찾아냈다. 이번에는 두 명의 젊은 여성이 자연생태공원을 누비고 있었다. 앞의 것과 비슷한 점이 없지 않았지만 순천만의 아름다운 풍광과 향토음식을 보고 느끼기에는 조금도 부족함이 없었다. 아내는 한 치의 흐트러짐 없이 두 개의 프로그램을 모두 소화했다. 나 역시 여행지를 미리 답사하는 기분으로 긴 시간을 소파에서 꼼짝 않은 채 TV를 시청했다. 방송이 끝날 때쯤 아내의 수첩을 훔쳐보았더니 온갖 내용들이 빽빽하게 기록되어 여백을 찾기가 힘들 정도였다.

원래 여행의 즐거움이란 막상 여행을 가는 그 순간보다 여행을 계획하고 기대하는 과정에서 배가되는 법이다. 아내야말로 사흘 후의 여행을 준비하면서 앞서서 한껏 기쁨을 누리는 중인지도 모른다. 그런 아내를 바라보며 난 여행에 관한 새로운 사실을 한 가지 깨달았다. 멋진 여행보다는 잦은 여행이 더 바람작하다는 것. 아주 값비싼 해외여행을 몇 년에 걸쳐 계획하며 어렵사리 한 차례 다녀오느니 그 비용으로 짧으면서도 쉽게 갈 수 있는 국내여행을 더욱 자주 가는 것이 만족도의 측면에서는 더 나을 수 있었다. 늘어나는 여행횟수만큼 준비하는 과정에서 얻을 수 있는 만족감 또한 비례해서 늘어날 테니 말이다.

여행에 대한 기대감은 저녁 시간까지 조금도 줄지 않았다. 하루의 일과를 정리하며 느긋하게 TV에서 흘러나오는 뉴스를 볼 때였다. 순천만의 소식이 한 여성 앵커에 의해 뉴스의 한 꼭지를 차지하며 전해졌다. 철새들의 도래지인 그곳이 고병원성 조류 인플루엔자로 인해 잠정적으로 폐쇄된다는 소식이었다. 그것도 오늘부터 상황이 종료될 때까지 무기한 실시된다고 한다. 나는 아내와 서로 얼굴을 마주보며 아연해했다. 부풀어 올랐던 가슴은 마치 바늘에라도 닿은 풍선마냥 속절없이 쪼그라들었다. 어쩌면 이럴 수가 있을까? 믿어지지 않았던 나머지 인터넷 검색을 몇 차례나 다시 해보았지만 그건 엄연한 사실이었다. 급기야 내 입에서는 허탈한 웃음소리가 새어나왔다. 그런 나를 바라보며 아내가 한 마디를 툭 던져왔다.

"여행의 코스가 바뀐 것뿐인데 뭘 그래요. 순천만 대신 군산을 돌아보면 되지 않겠어요?"

여전히 여행을 포기하지 않은 아내였다. 그 말을 듣는 순간 내 머릿속에서 영화의 한 장면이 떠올랐다. 시한부 인생을 사는 남자가 옅은 미소를 띠며 스스로의 영정사진을 찍던 그 장면. 아버지를 모시고 사진관을 운영하며 살아가는 남자주인공과 주차단속요원인 여자주인공이 사랑을 싹틔우던 변두리 사진관이 바로 그 군산에 있었던 것이다. 영화를 보면서 언젠가 한 번은 꼭 군산으로 여행을 떠나보리라 다짐하던 일이 기억났다. 뿐만 아니라 군산은 일제강점기의 많은 역사적 유물이 남아있는 곳이기도 하다. 그렇다면 사진을 취미로 삼고 있는 나에게는 더없이 여행하기 적합한 장소라고 할 수도 있다. 난 예매한 기차표를 취소하고 새로이 군산행 표를 예매하며 아내에게 말했다.

"그래, 군산엘 가자. 외국도 아닌 마당에 순천이야 다음에 또 가면 되지 뭘. 원래 여행이란 게 어디를 가느냐가 중요한 게 아니라 누구랑 가느냐, 가서 무엇을 느끼느냐가 더 중요한 것 아니겠어?"

소풍

저녁 식사가 막 끝났을 때다. 입가심으로 물을 한 모금 마시는데 아내가 무언가를 들어올렸다. 백화점 같은데서 물건을 포장해줄 때 사용하는 손잡이 끈이 길게 매어달린 종이 가방이다. 웬 건가 싶어 의문의 눈짓을 보냈다. 아내는 환하게 웃으며 내일 여행갈 채비를 다 차렸노라 말을 했다. 당일치기 여행을 가는 마당에 특별히 여행준비랄 게 따로 필요 없다고 생각한 나는 더욱 눈동자의 크기를 키웠다. 아내는 가방을 가져와 내 앞에서 내용물들을 하나씩 꺼내 보여주었다.

삶은 달걀과 귤에다 과자며 약간의 견과류, 그리고 음료수 등이 가득 들어있었다. 뿐만이 아니다. 내일 아침 일찍 집에서 출발해야하는 만큼 별도로 도시락까지 준비할 예정이라 했다. 자랑하듯 음식들을 꺼내 보여주는 아내의 표정에 해맑음이 가득했다. 마치 첫 소풍을 떠나는 어린 아이 같다. 여행을 하는 게 저렇게나 좋을까?

작년 여름의 일이 생각났다. 터키에서 근무하면서 난 여름휴가를 맞아 아내와 딸을 그곳으로 초대하려는 계획을 세웠다. 나만의 숙소가 별도로 있었으며 차량도 있는데다 그곳 지리까지 익숙한 상황이었으니 큰돈을 들이지 않고도 가족여행을 하기에는 최고의 조건이었다. 무려 6개월 전에 아내는 비행기 티켓을 예약했다. 예약시간이 빠를수록 비행기 표의 가격이 싸다는 것을 이용한 것이다. 그들의 기대에 부응하기 위해서 나 역시 여행에 필요한 여러 가지들을 미리 준비했다. 여행일정을 상세히 짜두었고 거기에 맞추어 내 숙소이외에 여행지 근처의 호텔 예약을 서둘렀다. 시내 교통카드를 포함해 관광지 입장료 할인카드들도 빈틈없이 차근차근 구입해두었고 그때마다 준비되어가는 과정을 아내와 딸에게 알려주었다.

여행날짜가 다가오면서 아내와 나의 통화횟수는 점점 늘어갔다. 그만큼 여행에 대한 기대도 커져갔다. 준비는 거의 완벽에 가까웠다. 그러나 불과 일주일을 남겨놓은 시점에 우리 여행에 적신호가 켜지고 말았다. 난 그 날짜를 아직도 잊지 못한다. 2016년 7월15일. 터키에서 쿠데타가 발발한 것이다. 쿠데타는 실패했고 진압에 성공한 현 정권은 터키전역에 비상계엄을 내렸다. 아울러 쿠데타를 일으킨 반대세력에 대한 대대적인 검거작업에 돌입했다. 말 그대로 정국은 불안정했고 온 시가지에 경찰이며 군인들이 활개를 치고 다니기 시작했다.

그래도 일주일이라는 시간이 남아 있으니 상황이 호전될 수도 있겠지 하며 우리는 한 가닥 희망의 끈을 놓지 않았다. 쿠데타 직후 난 위험을 무릅쓰고 시내 분위기를 파악하기 위해 거리로 나서보기도 했다. 기대와 달리 사태는 점점 악화되어갔다. 이스탄불 시내의 검문검색은 한층 더 강화되었고 공항은 특히 경비가 삼엄했다. 우리나라의 외교부까지도 터키를 여행자제국가로 선포하기 이르렀다. 결국 사흘을 남겨두고 우리는 여행을 포기하기로 결정했다. 통화를 하면서 아내는 괜찮다고 계속 되뇌었지만 그 목소리는 살짝 떨리기까지 했다. 고작해야 휴가라고는 여름뿐이었던 나였기에 귀국할 때까지 더 이상 우리에게 여행의 기회는 주어지지 않았다. 아내는 두고두고 그 순간을 아쉬워했다.

물끄러미 아내의 얼굴을 쳐다보았다. 단 하루 여정의 여행임에도 불구하고 가슴 설레어하며 기뻐하는 그 모습은 나로 하여금 많은 것을 생각하게 만들었다. 돌이켜보니 삼십 년에 가까운 세월을 살아오면서 우리가 함께 여행을 했던 건 겨우 손가락으로 꼽을 정도다. 도대체 무얼 하며 지난 세월을 살아왔던 것일까? 경제적으로 힘들어 아등바등 살아온 것도 아니었다. 그럼에도 행여 생활이 우선이라는 명목 하에 누릴 것들을 모두 뒤로 미루고 산 것은 아니었을까? 강한 자책이 밀려왔다. 지금부터라도 그렇게 살아서는 안 되겠다는 생각이 머리를 스치며 지나갔다.

그래, 무엇보다 현재에 집중하자. 과거는 이미 사라져버렸으며 미래는 담보할 수 없는 것이다. 확신할 수 없는 미래를 향해 현재를 마냥 양보할 수는 없다. 그렇다고 미래를 깡그리 무시해서는 안 되는 일이지만 너무 먼 미래만을 바라보는 것은 어리석은 일일 따름이다. 바로 지금 이 순간인 현재가 이어져 내 인생도 의미를 갖는 것이다. 우린 현재를 사는 것이지 과거나 미래를 사는 것이 아니지 않은가. 오늘 할 일을 내일로 미루지 말라는 말이 있듯 하고 싶은 일 또한 내일로 미루어서는 안 된다.

내일 여행을 다녀오면 곧장 또 다른 여행지를 물색해보리라 다짐했다. 가까운 곳이든 먼 곳이든 삶을 풍족하게 만들어주는 곳이라면 어디든 달려가리라. 어느새 머릿속에서 터키의 보스포루스 해협이 선명하게 그려지고 있었다. 조만간 아내와 함께 터키행 비행기에도 올라탈 수 있으리라는 확신이 점점 굳어져갔다.

도시락

"도시락 싸두었어요. 잊지 말고 가져가세요."

아침밥을 먹는 자리에서 아내가 말했다. 마치 출근하는 남편을 대하는 듯한 말투다. 공연히 쑥스러웠다. 도시락을 싸들고 가는 장소가 직장이 아닌 탓이다. 고작해야 하루를 소일하러 도서관엘 가면서 며칠째 도시락을 가지고 다녔으니 다른 사람들이 들으면 웃음을 금치 못할 일이다. 그러나 나에게는 또 그럴만한 이유가 있다.

나는 맵고 짠 음식을 좋아한다. 이미 좋아하는 정도를 넘어서 자극적인 음식에 길들여진 상태다. 아니나 다를까 난 고혈압이다. 중증은 아니라 하더라도 아내는 그런 나를 자주 걱정했다. 나 역시 위험성을 충분히 인지하고 있다. 고혈압 자체보다도 합병증으로 야기되는 위험이 더 크다는 것도 잘 알고 있다. 그걸 극복하기위해 노력을 아끼지도 않는다. 매일 먼 거리를 달리면서 체중을 유지하려하고 될 수 있으면 소금을 멀리하려 애를 쓴다.

집에서야 음식을 하면서부터 염분섭취가 많지 않도록 아내가 각별히 신경을 쓰니 별 문제가 되지 않는다. 문제는 바깥음식이다. 대중음식점이란 게 원래 손님의 입맛을 사로잡는 데 그 존재의 이유가 있지 않은가. 그러니 음식을 조리할 때면 온갖 양념을 다 동원하기 마련이다. 그렇다고 음식을 먹으면서 양념들을 일일이 걷어낼 수도 없다. 물론 외식을 삼가면 문제는 쉽게 해결된다. 그걸 모르는 바는 아니지만 생활이라는 것을 하다보면 또 외식을 전혀 하지 않을 수가 없다. 매일 같이 오가는 도서관에서도 마찬가지다.

집에서 도서관까지의 거리는 약 2킬로미터다. 점심시간이 되었다고 밥을 먹기 위해 그 길을 매번 오갈 수도 없는 일이다. 자전거를 타고 다니며 오간 때도 있긴 하다. 하지만 그것도 겨울이 아닐 때의 말이다. 자연히 도서관 주변의 식당에서 식사를 해결할 수밖에 없다. 그런 상황임을 모르지 않던 아내가 얼마 전부터 선뜻 도시락을 싸주겠다고 나섰다. 그것이 도시락을 들고 다니게 된 배경이다.

"뭘 쌌어?"

매번 내 도시락은 김밥이며 유부초밥 내지는 주먹밥 같이 간단히 집어 한입에 넣을 수 있는 음식으로 구성되어왔다. 오늘도 다르지 않겠거니 하며 난 별생각 없이 질문을 던졌다.

"그냥 밥하고 반찬 쌌어요. 여기요."

아내가 가리키는 곳으로 눈을 돌리자 반찬통과 밥통이 몇 층을 이루며 고무줄에 묶여있었다. 기대했던 것과는 다른 탓에 난 인상을 찌푸리며 툭 쏘듯이 내뱉었다.

"됐어. 오늘은 안 가져갈래. 밖에서 해결하지 뭘."

아내의 표정이 시무룩해졌다. 일찍 일어나 도시락을 준비한 수고도 몰라주고 불만조의 푸념만 늘어놓았으니 당연한 일이다. 나는 나대로 기분이 상했다. 어김없이 반복되는 내 주문이 깡그리 무시되었기 때문이다. 나의 유일한 요구는 무엇을 싸도 좋으니 간단히만 먹을 수 있게 해달라는 것이었다. 그건 제발 밥과 반찬으로 도시락을 싸는 일만은 피해달라는 말과 같다. 엊저녁에도 그 부탁을 빼놓지 않았다. 그럼에도 아내는 내가 원하는 것이 아닌 자신이 원하는 도시락을 쌌던 것이다.

괜히 그런 요구사항이 생긴 것은 아니다. 도서관에는 특별히 식당이라는 공간이 없다. 밥을 먹을 만한 장소가 마땅치 않은 그곳에서는 식사시간마다 휴게실이 그 역할을 대신한다. 휴게실에는 좌석이 넉넉하지 못하다. 겨우 대여섯 개의 테이블이 놓여 있을 뿐이다. 게다가 이용자들이래야 학생들이나 취업을 준비하는 젊은이들이 고작이다. 머리칼이 희끗희끗한 내가 그 좁은 공간의 한 자리를 차지하고 앉아 식사를 하기란 어색할 수밖에 없는 일이다.

그렇게 느끼기 시작하면서 난 식사 때마다 주변의 공원으로 발길을 돌렸다. 좀 추워도 인적이 드문 그곳이 오히려 나에게는 편했다. 다만 식사 도중에 어쩌다 한 번씩 공원을 산책하는 사람과 마주치게 되는 일이 약간 곤혹스러울 따름이었다. 왠지 모르게 궁색한 노인네가 된 듯한 기분을 떨쳐버릴 수 없어서였다. 실직자라는 열등감에서 비롯된 것이라며 그럴 필요 없다고 자신을 몇 번이나 설득해보았지만 도리 없는 일이었다. 내가 간단한 식사를 선호하게 된 것은 바로 그 때문이다. 이것저것 여러 가지를 펼칠 필요 없이 작은 도시락 하나만 손에 쥔 채 식사를 하게 되면 그 시간이 줄어드는 것은 물론 식사행위 자체를 적당히 위장할 수도 있었던 것이다. 그런 나의 속사정을 아내에게까지 말할 수는 없었다. 그걸 모르는 아내로서는 그저 막연했을 것이다. 김밥이나 초밥을 좋아하구나 정도로만 이해했을지 모른다.

도서관으로 갈 준비를 끝내고 집을 벗어나려는데 아내에게 미안한 마음이 들었다. 설령 매일 먹는 밥과 반찬을 그대로 이용한다고 해도 도시락을 싸는 일이 정성 없이는 절대 불가능한 일이라는 걸 잘 알고 있었기 때문이다. 아내는 여전히 주방에 서있었다. 난 아내의 엉덩이를 손으로 툭 쳤다.

"도시락 안 가져가서 미안해. 오늘은 그걸로 당신 도시락 해. 그럼 나, 갔다 올게."

아내의 고개가 휙 젖혀졌다. 눈동자가 잠시 한쪽 끝으로 몰리더니 곧 풀리며 얼굴에서 웃음이 번졌다.

"아무 엉덩이나 건드리는 거, 이거 성희롱이라는 거 몰라요? 자, 이것 가지고 가세요."

언제 준비했는지 도시락이 다시 나를 향해 건너왔다. 난 두 눈을 동그랗게 모았다. 아내의 말이 이어졌다.

"김밥이에요. 좌우지간 까다롭기는. 이렇게 싸줬는데 한 톨이라도 남기기만 해봐, 그냥."

도시락을 받아들며 나는 오늘 저녁에는 꼭 김밥으로 도시락을 싸야하는 이유를 설명하리라 다짐했다.

부부싸움

칼로 물 베기라는 부부싸움을 했다. 칼로 물 베기여서 오늘도 싸웠는지 모른
다. 보통의 부부가 다 그렇듯 싸움은 항상 사소한 일에서 출발한다. 음식에 든
머리카락이라든지 가구배치에 대한 서로 다른 의견 등, 지극히 하찮은 것에서
비롯되는 싸움의 발단은 그 가짓수가 실로 다양하다. 그러나 이 모든 것의 근
본적인 원인을 파고들면 원근감이 잘 드러난 그림의 소실점처럼 한 곳으로 수
렴한다. 바로 아내와 내가 가진 성격적 특성 때문이다.

　아내는 남의 말을 잘 듣지 않는다. 상대를 비하하거나 무시해서가 아니라
일종의 습관이다. 집안에 무언가 거슬리는 일이 발생하여 그것을 지적하면 그
건 듣지 않고 제 할 얘기만 하면서 엉뚱한 이야기를 늘어놓아 문제의 본질을
흐려버린다. 시간이 지나면 나도 모르게 말려들어 어느새 엉뚱한 화제로 입씨
름을 벌인다. 다 늦어 그런 사실을 눈치 채지만 똑같은 상황이 벌어진다. 아무

리 원래의 주제로 되돌아오려 해도 이야기는 자꾸 빗나가기만 한다. 그건 어제 오늘의 이야기가 아니라 결혼하면서부터 내가 안 것이니 과히 태생의 문제라 할 만하다. 그러니 하루아침에 단박에 고쳐질 리가 없다.

나의 문제점은 발열점이 낮다는데 있다. 남들이 느끼기에 아무 것도 아닌 일에도 곧잘 화를 내곤 한다. 그것 역시 상대에 대한 분노의 표출이라 보기는 어렵다. 그저 자기주장이 강하고 다혈질인 성격상의 문제다. 다른 사람들을 설득하려는 성향이 강하다보니 목소리가 커지는 것이고 그 마저 제 마음대로 잘 안되면 고함을 지른다. 그건 여러 사람들의 힘을 합쳐야만 성과를 나타낼 수 있는 프로젝트 매니저의 업무를 삼십 년 넘게 해오다 보니 생긴 일종의 직업병이다. 그러니 그 또한 쉽사리 고쳐질리 만무하다.

누구의 문제가 발단이 되었건 일단 싸움이 벌어지면 우린 다른 부부와 마찬가지로 먼저 기세를 선점하려 애쓴다. 선수를 잡으려는 공방은 치열하게 전개된다. 그러나 원인 자체가 시시껄렁한 일이다보니 어느 한쪽이 우위를 점하고 말고 할 일이 별로 없다. 자연히 전략은 수정된다. 이제는 괜히 피해의식을 부각시킨다. 상대로 인해 받은 자신의 상처를 열거하면서 동정심을 유발하는 것이다. 상대 역시 그냥 보고만 있지는 않는다. 자신이 입은 상처가 더 크다는 것을 증명하려 노력한다. 신기한 건 두 사람 다 자신이 입힌 상처는 희미하게나마 기억조차 못하는 반면, 자신이 입은 상처는 아주 진하고 뚜렷하게 기억한다는 점이다. 마치 가슴속에 화인으로 남아있는 것을 꺼내 보여주기라도 하는 듯하다. 어쩌다 가끔 자신이 상대에게 입힌 상처가 생각나기도 하지만 크게 개의치 않는다. 그런 적이 있었나 하며 잠시 주춤할 뿐이다. 기억해봤자 전투에 하등 도움이 되지 않기 때문이다.

시간이 지나면서 두 사람은 제풀에 지쳐간다. 말수가 줄어들고 냉각기가 찾아온다. 입을 봉하고 생활하는 것에 익숙하지 않은 두 사람이 가장 힘들어하는 시기가 이때다. 결국 한쪽에서 실없는 대화를 한 마디 툭 던지게 되고 그러면서 해빙의 분위기가 조성된다. 하지만 화해가 금방 이루어지는 것은 아니다. 조인식이라고까지 할 건 없어도 나름의 절차가 있다. 우선은 마주 앉아 그날의 분쟁에 대한 분석을 실시한다. 워낙에 각자가 잘 알고 있는 터라 스스로의 잘못에 대해 명백한 인식이 이루어진다. 서로 이기적이었다는 것도 서슴없이 인정한다. 그럼에도 반성을 통한 문제의 근본적인 해결을 시도하지는 않는다. 자신의 문제를 고쳐서 다시는 싸움의 원인을 만들지 않겠다는 다짐이야말로 자신과 상대를 모두 기만하는 행위라는 것을 누구보다 잘 알기 때문이다. 싸움은 늘 그렇게 종전이 아닌 휴전상태로 흐지부지 끝난다.

오늘도 마찬가지다. 싸움의 말미에 우리는 맥주잔을 앞에 두고 서로 마주 앉았지만 서로가 미안하다며 허허 웃고는 살짝 포옹하는 것으로 싸움을 종식시켜버렸다. 우리는 앞으로도 이런 싸움을 수없이 되풀이할 것이다. 원인이 제거되지 않은 상태로 문제가 미봉책으로 결말지어졌으니 재발은 당연지사다. 분명한 것은 삼십 년에 가까운 세월이 흐르는 동안 싸움의 강도는 조금씩 약해졌으며 화해하기까지의 소요 시간이 점점 짧아졌다는 점이다.

그 해석은 어렵지 않다. 오랜 세월 체득된 나의 나쁜 습관이 고쳐져서가 아니다. 상대의 나쁜 습관이 바뀐 것도 아니다. 그저 한 사람이 다른 사람에 대해 기대를 버린 것일 따름이다. 즉 상대가 변하리라는 기대를 포기한 결과라는 말이다. 그것도 자의식에 의한 포기가 아니라 긴 시간을 함께 살아오면서 더 이상의 방법이 없다는 체념에서 비롯된 무의식적 포기다. 신체적 자정작용의 일환이라고나 할까. 다만 내가 나쁜 버릇을 고치지 못하듯 상대도 나쁜 버릇을 쉬 고치지 못하며, 내가 상대의 말에 상처를 받듯 상대도 내 말에 상처를 입는다는 깨달음이 일정한 역할을 한 것만큼은 틀림없어 보인다. 신체의 자정작용을 최대화하기 위해서는 면역력이 강화되어야하듯 그 깨달음이 면역력을 키우는 역할을 한 것이라고 할 수 있다.

오늘은 휴전에서부터 화해에 이르기까지 불과 한 시간이 채 걸리지 않았다. 이런 추세라면 휴전과 동시에 화해가 이루어지는 날이 곧 도래할 것 같다. 휴전기간이 없다면 그것은 더 이상 전쟁이 아니며 부부싸움이 아니다. 부부싸움이 없어진다는 생각을 하니 오히려 섭섭해진다. 알게 모르게 부부싸움을 통해 우리는 부부의 정을 더욱 키우고 있었나보다.

제3부
친구와 이웃들

우리들의 애창곡

5년 전 내가 다니던 한 회사는 무리한 확장으로 결국 파산에 이르렀다. 나를 포함하여 함께 일하던 많은 사람들이 회사를 떠나야 했다. 우린 각자의 삶을 찾아 제각각 뿔뿔이 흩어졌다. 그로부터 1년쯤 지난 어느 날 상재라는 한 후배에게서 연락이 왔다. 옛 동료들끼리 모여 맥주를 한잔 하면서 추억이라도 되씹어보자는 것이었다. 나는 흔쾌히 그 제안을 받아들였고, 같은 팀에서 일하던 다섯 명의 동료들은 그로부터 며칠 뒤 서울의 한 조용한 선술집에서 만남을 가졌다.

오랜만의 만남이라 그런지 분위기는 화기애애했다. 우린 그동안의 밀린 이야기를 하느라 2차, 3차를 거치면서 얼큰히 취했다. 그만큼 시간도 빨리 흘러 밤은 깊어갔다. 밤 열 시가 되어 서로 아쉬운 마음을 억누르며 각자의 보금자리로 귀가를 서두를 때였다. 효상이 내 곁으로 다가왔다. 그와 나는 같은 대학

같은 과를 나온 동창이기도 했고, 이전 회사의 입사동기이기도 했으며, 15년 가까이를 같은 회사에서 근무했던 아주 절친한 친구사이였다. 쭈뼛쭈뼛하던 그는 남들이 보지 않는 틈을 타 아주 은밀하게 나에게 속삭였다. 둘이서만 따로 한 잔 더하자는 이야기였다. 조금 이상하긴 했지만 그와의 만남이 더할 나위 없이 반가웠던 나는 이내 고개를 끄덕였다.

효상은 캐나다 이민을 결심했다고 말했다. 회사를 그만 둔 이후 조그만 회사를 하나 차려 겨우 입에 풀칠이나 하며 정신을 못 차리고 쫓아다니던 나와 달리, 온순한 성격의 그는 샐러리맨에 염증을 느낀 나머지 경기도의 어느 곳에 땅을 조금 사서 귀농하여 생활하던 중이었다. 뜻밖의 소식에 난 깜짝 놀랐다. 이유가 뭐냐고 묻는 내 질문에 그는 아이들의 교육문제 때문이라 말했고, 캐나다에서 무얼 할 예정이냐는 물음에는 편의점을 운영하기로 했다고 답했다. 더 이상 시시콜콜 물어보는 것 자체가 실례되는 일이라 생각한 나는 그저 잘 해보라는 격려로 아쉬움을 대신할 수밖에 없었다. 나에게만큼은 알려야겠다는 생각에서 따로 자리를 갖자고 했다며 그는 쓸쓸한 웃음을 흘렸다. 나는 그날 그렇게 친한 친구 한 명을 캐나다로 떠나보냈다.

생활전선에서 매일을 허덕이는 가운데 세월은 어김없이 흘렀다. 효상과 함께 동료들의 모습이 드문드문 떠오르긴 했지만, 살아가는 것만으로도 벅차다는 핑계를 대며 난 그들을 애써 외면하고 살았다. 얼마 전이었다. 상재에게서 또 전화가 왔다. 그는 쾌활한 성격처럼 여전히 너스레를 떨었다. 얼굴 잊어먹겠다며 한 번 더 모이자는 그의 제안에 우린 몇 년 전의 그 집에서 다시 만났다. 효상만이 빠진 채 옛 멤버들 그대로였다.

술자리가 한참 무르익을 무렵, 상재가 효상의 이야기를 끄집어냈다.

"선배, 효상 선배 어찌 지내는지 아세요?"

"캐나다 이민 갔잖아? 잘 살고 있겠지 뭘."

이미 효상의 이민 소식은 여러 경로를 통해 알려졌을 거라 생각한 나머지 나는 무심코 그렇게 툭 내뱉었다. 상재는 오히려 나보다 더 많은 것을 알고 있었다.

"그거야 옛날이야기죠. 간 지 얼마 안 돼 다시 돌아왔다는 소문이 있던데요?"

"그래? 그럼 연락해보지 그랬어? 오늘 같이 만나면 좋았을 텐데."

별스럽지 않은 듯 계속되는 나의 질문에 상재는 겸연쩍은 표정을 지으며 말했다.

"난 이상하게 효상 선배가 어려워요. 같이 생활할 때도 왠지 대하기가 힘들었어요. 선배가 한 번 연락해 봐요. 두 사람 절친이잖아요? 어째 지내는지 많이 궁금한데."

"그럴까? 이 녀석은 돌아왔으면 돌아왔다고 알려줘야 할 거 아냐. 무슨 신비주의라고."

나는 효상의 전화번호를 찾아내 통화를 시도했다. 모두가 입을 다문 채 내 표정을 주시했다. 신호음이 꽤 여러 번 울린 후에야 전화는 연결되었다. 반가운 효상의 목소리를 기대하며 '여보세요'라고 내가 통화를 시작했을 때 상대 쪽에서 들려온 건 의외로 여자목소리였다. 효상의 전화가 맞는지부터 난 확인했다. 그녀는 내 질문에 대한 대답은 미룬 채 내가 누구인지부터 확인하려 들었다. 효상이 사람들을 피하고 있다는 생각이 불쑥 들었지만, 내 전화야 받으려니 하는 자신감에서 그와의 관계에 대해 간단히 설명했다. '아~아, ※사 다닐 때 동기 분?'이라 말하는 것이 그녀도 내 존재를 아는 듯했다. 신원이 밝혀진 만큼 곧 바꿔주겠지 했지만 그녀는 또 문자로 연락을 주겠다는 다소 이해가 가지 않는 말을 내뱉으며 서둘러 전화를 끊었다. 전화번호가 바뀌었나? 부부사이에 이혼이라도 한 건가? 별 생각이 다 들었다. 그러나 의문은 금세 풀렸다. 잠시 후 문자가 도착했던 것이다.

'효상 씨가 몇 년 전에 암 선고를 받고 투병생활을 하다 두 달 전에 운명을 달리 하였습니다. 갑작스런 뇌출혈이 일어나 입원한지 일주일 후 고통 없이 편안히 갔습니다. 말로 하기 어려워 문자로 남깁니다. 친한 친구라고 가끔 이야기 들었습니다. 기억해주셔서 감사합니다. 건강하시고 하시는 사업 번창하시길 바랍니다.'

억장이 무너져 내리고 죄책감이 강하게 밀려왔다. 친구라면서 내가 어떻게 이리도 무심할 수 있었을까. 도저히 참을 수가 없었다. 캐나다로 이민 간다고 말하던 효상의 모습이 눈앞에서 아른거렸다. 눈자위가 뜨뜻해지면서 눈물방울이 볼을 타고 흘러내렸다. 눈을 동그랗게 뜨고 쳐다보는 일행들에게 난 아무 말도 못한 채 문자가 적힌 폰을 건네주었다. 그걸 본 그들도 한결같이 입을 다물어버렸다. 그때부터 난 엄청나게 술을 마셨고 엉망으로 취해버렸다.

지하철을 타고 돌아오는 길에 난 효상의 아내가 보낸 문자를 몇 번이고 반복해서 보았다. 그녀의 목소리도 계속 재생시켜보았다. 문자의 내용 중 '하시는 사업'이라는 문구와, 같은 회사를 다니던 동기분이냐고 묻기 전에 했던 '아~아'라는 감탄사가 머리를 떠나지 않았다. 그만큼 효상은 나를 기억하며 아내에게 알렸던 것이 틀림없다. 그런 이야기를 하면서 어쩌면 나를 기다렸던 것이 아니었을까? 가장 힘이 되어주어야 하는 순간 친구의 곁을 지키는 것은 고사하고, 아예 잊고 지낸 나의 행위는 무엇으로도 용서받을 수 없을 것 같았다.

전철역에서 집까지는 버스를 타야했지만 난 걷기로 했다. 그 시간동안이나마 효상을 생각하면서 속죄라도 하고 싶었다. 비틀거리는 몸을 제대로 잘 가누지도 못하면서 터벅터벅 발걸음을 옮겼다. 눈에서는 끊임없이 눈물이 쏟아졌다. 그때 어디선가 흥얼거리는 소리가 들렸다. 주변을 살폈더니 젊은 여성이 낮은 톤으로 노래를 부르며 뒤에서 다가오는 중이었다. 이어폰을 꽂은 상태라 자신의 소리가 바깥으로 퍼져나가는 걸 모르는 듯했다.

노랫소리는 점점 또렷하게 들려왔다. 울음이 가득 밴 목소리였다. 그녀 역시 오늘 무슨 슬픈 일을 겪은 것 같았다. 어쩐지 노래의 리듬이 낯설지 않았다. 오래 전에 세상을 떠난 유명한 가수가 불렀던 그 노래는 바로 효상과 나의 애창곡이었다. 우린 노래방에만 가면 습관처럼 그 노래를 제일 먼저 신청하곤 했다. 더군다나 아무리 잊으려 해도 너의 모습이 사라지지 않아 눈물방울만 눈가를 적신다는 그 가사는 지금의 내 마음을 고스란히 표현해내는 말이기도 했다. 나는 우리가 듀엣으로 노래 부르던 때를 떠올리며 그녀가 부르는 구절을 그대로 따라 부르기 시작했다.

문득 이제부터라도 효상을 기억해야겠다는 생각이 들었다. 매일은 기억하지 못하더라도 그간의 무심했던 내 잘못에 대한 용서를 비는 마음으로 그의 기일만큼은 챙겨야한다는 일종의 의무감이 생겨났다. 난 조만간 효상의 아내에게 문자를 보내 그의 기일을 확인해야겠다는 무언의 다짐을 하기에 이르렀다.

그러는 사이 내 목소리가 커졌던지 그녀가 이어폰을 떼어내며 물끄러미 나를 쳐다봤다. 제 노랫소리도 다른 사람에게 들렸다는 것을 다 늦어 알았나 보다. 그녀는 다분히 미안한 표정을 지었다. 난 그와 상관없이 더욱 큰 소리로 노래를 부르며 지나갔다. 노랫말의 내용처럼 지나간 시간이야 추억 속에 묻혀버리면 그뿐이겠지만 나는 그를 잊지 못하고 오늘밤을 뜬 눈으로 새울 것만 같았다. 얼마 지나지 않아 흐느적거리는 그녀의 목소리도 다시 들려오고 있었다.

외로움에 대하여

친구들과 헤어질 시간이 되었다. 수원역까지 배웅을 나갔다. 그곳에서 부산으로 울산으로 그리고 또 인천으로 가는 친구들과 작별해야했다. 6개월을 기다려오던 우리들의 1박2일 만남이 마침내 끝난 것이다. 아직 기차시간까지는 1시간 정도가 남아있었다. 아무래도 그냥 헤어지기는 서운했다. 대합실 한쪽으로 카페가 보였다. 내가 친구들에게 그곳을 손가락질했다. 커피라도 마시며 만남의 시간을 좀 더 연장해보려는 속셈에서였다.

고등학교 동창들이었던 우리들은 군대를 다녀와서 대학을 졸업할 때까지 지독하리만치 끈질기게 붙어 다니던 사이였다. 서로 다른 대학에 진학을 했지만 모두가 부산에 소재한 대학이었기에 그것은 가능했다. 그러나 취업을 하면서 상황은 달라졌다. 서울로 간 친구가 있나 하면 부산에 남은 친구도 있었고 난 첫 직장이 울산이었다. 만남의 횟수는 줄어들 수밖에 없었다. 모두가 결혼을 하고 가정을 갖게 되자 만남은 더 어려워졌다. 급기야 집안의 경조사 때나 되어야 가끔 얼굴을 한 번씩 보는 관계로 바뀌어버렸다. 나이를 먹다보면 삶의 중심이란 게 친구에서 직장동료로 그러다 또 가족으로 옮겨가는 법이니 그건 당연한 일이었다.

나이 쉰이 되던 8년 전이었다. 무슨 일이 있어 다 모였는지는 기억에서 벌써 지워졌지만 어쨌든 그날, 우리는 앞으로 정기적으로 만나자며 뜻을 모았다. 인생의 후반부로 접어들면서 친구들을 보는 게 이렇게 힘들어서야 되겠냐며 누군가 자조 섞인 발언을 했던 것이 모두의 공감을 불러일으킨 것이었다. 1년에 두 번 모임을 갖되 각자의 거주지인 인천과 수원, 울산, 부산을 순회하며 모이기로 했고 기간은 1박2일로 정했다. 모임은 지금까지 잘 이어지고 있다. 그것이 내가 사는 수원에서 어제 우리가 만났던 이유다.

커피를 마시면서 우린 어제 저녁부터의 시간을 되돌아보기 시작했다. 술을 마시며 나누었던 이야기, 노래방에서 옛날노래들을 부르며 과거를 추억했던 일, 새벽까지 잠도 자지 않고 웃고 떠들었던 시간들을 되새겼다. 내년에 계획하고 있는 부부동반 해외여행에 대해서도 이야기가 오갔다. 누군가는 다음 모임에서 무인도로 단체 낚시를 가자는 의견도 내놓았다. 모두들 밝은 이야기를 하고 있었지만 표정은 그다지 밝지 않았다. 그들 또한 나처럼 이별의 시간이 다가옴에 대한 아쉬움을 숨기지 못했던 것이 틀림없다. 그때 갑자기 제일 멀리 가야 하는 부산의 친구가 벌떡 일어섰다.

"기차 시간이 다 되었어. 자 다들 건강하게 지내다 다음 모임 때 또 보기로 하자."

아마도 감상적이 되어가는 전체 분위기를 서둘러 진화하고 싶었을 것이다. 다들 말없이 일어섰다. 플랫폼으로 들어가는 출입구 앞에서 우리는 제각기 가야 할 방향으로 손을 흔들며 헤어졌다. 난 그들의 모습이 시야에서 사라질 때까지 멍하니 자리를 지키고 서있었다. 모두가 떠난 걸 확인한 후 가까스로 등을 돌려 집으로 가는 버스를 타기 위해 정류장을 향하는데 알 수 없는 아쉬움이 발길질에 툭툭 채여 왔다.

이후 하루 종일 난 친구들과의 만남에 대한 후유증에서 좀체 벗어나질 못했다. 식욕조차 사라져버렸다. 프로야구 중계를 보아도 신이 나지 않았고 아파트의 산책로를 자전거로 둘러보아도 기분은 나아지지 않았다. 책을 읽을 수도 없었고 글을 쓰려 해도 마음이 잡히질 않았다. 친구들과의 만남이 있던 날이면 더러 이런 증상을 겪곤 했지만 오늘은 유달리 심했다. 나이를 먹어가면서 외로움을 타는 건지도 몰랐다. 그들과의 만남이 앞으로 몇 번이나 더 있을까 헤어 보기까지 했다. 앞으로 20년을 더 만난다고 했을 때 겨우 마흔 번의 만남만이 허락될 뿐이다. 만날 때마다 스무 시간을 함께 지낸다 해도 우리에게 부여된 시간은 고작 한 달 남짓. 그런 생각이 들자 아쉬움은 안타까움으로 변해갔다.

마음을 다스리지 못하던 나는 저녁 아홉 시를 넘기자마자 아무도 없는 방에 불을 끄고 누웠다. 수면으로라도 그 모든 것을 잊기 위해서였다. 세상 천지에 나 홀로 남은 듯한 느낌이 들었다. 어쩌면 인생이란 자체가 이런 것인지도 모른다. 혼자라는 외로움을 극복하고 이겨내는 과정. 외로움을 이겨내기 위해 혼자라는 상황을 만들지 않으려는 노력의 연속. 태어나면서부터 가족이라는 울타리를 갖고, 학교를 거쳐 군대나 직장에 소속되고, 또 나의 가정을 꾸리는 일에 이르기까지, 계속 관계라는 틀 속에서 살아온 것도 그 연장선상에 놓인 자연스런 현상이 아닐까. 그것만으로 부족한 나머지 종교단체에 가입하기도 하고, 취미생활 모임을 갖기도 하며, 동창회나 친목회들을 만들어 어울려 왔을 테지. 그리고 보면 인간이란 종족도 외로움에 한없이 취약한 존재다. 혼자만의 시간을 줄이려 의식적이든 무의식적이든 끊임없이 관계들을 생성시키며 발버둥을 치고 있으니 말이다.

오늘의 나 역시 크게 다르지 않다. 또 6개월이 지나야 친구들을 다시 만날 수 있다는 생각에 혼자로 되돌아가야하는 그 6개월이 길고도 지루한 시간으로 인지되면서 두려웠던 것이다. 물론 폭 넓은 교류관계를 형성하고 유지한다면 그 정도야 충분히 이겨낼 수도 있다. 그러나 소심한 성격인 나에게 그것은 쉬운 일이 아니다. 그때 문득 다른 생각이 떠올랐다. 폭을 넓힐 수 없다면 깊이를 키우는 것도 관계라는 면적을 늘릴 수 있는 방법이 아니겠는가. 새로운 관계를 만들 수 없다면 이미 형성되어 있는 관계를 더 자주 활용하면 되는 일이다. 나는 잠자리를 박차고 일어났다. 곧바로 친구들과의 온라인 만남장인 단체대화방에 접속해 글을 남기기 시작했다.

'오늘 헤어지고 나니 많이 아쉽더라. 그래서 우리 모임에 관해 새로운 제안을 하려 한다. 모임을 6개월에 1회가 아닌 3개월에 1회로 바꾸었으면 하는데 친구들 생각은 어떠한지? 좋은 의견들 댓글로 달아주기 바란다.'

아마도 반대하는 사람은 없으리라. 그건 어느 정도 확신할 수 있었다. 모두들 헤어질 때의 표정이 그렇게 말하고 있었으니까. 내일쯤 친구들의 답변이 확인될 때면 내 기분은 많이 나아져 있을 것 같다.

터키 여행기

터키 여행기에 관한 이야기를 듣고 싶다며 한 선배가 연락을 해온 것은 이틀 전이다. 그 역시 터키에서 몇 달 살았던 적이 있다. 그 탓에 우리는 여러 차례나 만나려는 시도를 아끼지 않았다. 하지만 시간은 좀체 잘 맞질 않았고 그렇게 차일피일 미루던 만남은 그날 그가 걸어온 전화 한 통화에 의해 비로소 이루어지게 되었다. 아무래도 맥주는 한 잔 해야 할 것 같아 나는 시내버스를 타고 약속장소로 향했다.

만나자마자 그는 책을 내밀었다. 내가 쓴 바로 그 터키여행기였다. 다짜고짜 사인을 해달라고 했다. 저자의 친필 사인을 꼭 받아야하겠다며. 쑥스러워 몇 차례나 거부했지만 그의 고집과 강단을 꺾을 재간이 내게는 없었다. 결국 서투른 글씨로 책의 제일 앞 페이지에 한 줄 글을 쓰고 말았다. '부끄럽기만 한 저의 책 독자가 되어주어 너무 감사합니다.' 책의 표지를 덮으며 돌려주는 나를 보고 그는 책을 내게 된 과정을 이야기해달라며 졸랐다.

내가 책을 내게 된 건 철저한 계획에 의한 것이 아니라 우연에 따른 결과였다. 터키 근무를 시작하면서 외로움에 시달리던 나는 주말마다 여행이라는 것을 꿈꾸게 되었다. 누구나 가보고 싶어 하는 터키에 살게 된 만큼 주말마다 유명한 관광지를 중심으로 여행을 하다보면 나름 생활에 활력소가 되지 않을까 하는 생각에서였다. 사진을 취미로 가지고 있었기에 나에게 더없이 어울리기도 했거니와, 차량은 물론 유류비까지 회사에서 지원해주었기에 조건은 거의 완벽했다. 난 매주말을 그렇게 곳곳을 누비며 여행하는 재미로 1년이라는 세월을 그곳에서 보냈다.

처음으로 주말여행을 하고 돌아온 날 무심코 찍었던 사진을 핸드폰의 통신 어플을 통해 아내와 딸에게 보냈다. 거기에는 여행지에 대한 간단한 소회도 보태어졌다. 딸에게서 먼저 답장이 왔다. '아빠, 매주 여행을 할 예정이라면 이런 글과 사진들로 인터넷에 연재를 해보는 건 어때요?' 좋은 생각이었다. 그러나 나는 그 방법에 대해 별 지식이 없었다. 대신 SNS를 활용하기로 했다. 그날 당장 그 사진과 글을 내가 가입해있던 한 SNS 공간에 게재했다.

시간이 지나면서 SNS 친구들의 댓글이 눈에 띄게 급증했다. 어떤 친구는 대단하다고 혀를 내두르는가 하면 또 어떤 친구는 주간지처럼 읽는다고도 했다. 그 중에서도 한 친구의 글은 나의 관심을 끌기에 충분했다. 잘 모아두었다가 책으로 펴내는 게 어떻겠냐는 일종의 제안이었다. 내 책을 염두에 둔 건 아마 그때가 처음이었지 싶다.

게시되는 사진이 조금씩 늘어났고 글도 에세이 형식을 띠면서 길어졌다. 지난 기록들을 살펴보며 부족한 부분을 보충하는 작업도 게을리 하지 않았다. 괜찮은 내용은 따로 모아 편집 소프트웨어를 활용해 책의 형태로 꾸며보기도 했다. 어쩌다 한 번씩 결과물을 출력해보면서 초보단계이긴 하지만 제법 책의 냄새가 나는 것을 느끼며 뿌듯해하기도 했다. 내용은 점점 늘어갔고 귀국할 때쯤 되자 근 600여 페이지에 달하는 분량이 되었다. 그러나 그때만 해도 나는 책의 출판과정을 전혀 몰랐다. 따라서 아는 출판사도 있을 리 만무했다.

귀국을 한 후 성취감이라도 느껴보자며 복사전문점에 가서 출력과 제본을 의뢰했다. 제본까지 하고나자 그럴싸한 느낌마저 들었다. 그러던 차에 동네 주변에 살던 한 소설가를 만나게 되었다. 그는 내가 다니는 디지털대학의 소설 과목 교수였다. 그와는 소설동아리 모임에서 지도교수와 회원으로 알게 된 사이다. 가까이 살다보니 우린 가끔 호프집에서 만나 맥주를 마시며 소설에 관한 이야기를 나누곤 했다. 그때도 맥주나 한 잔 하며 그동안의 안부나 물을 참이었는데 일이 되려고 했던지 그 자리에서 제본한 여행기를 펼쳐놓게 되었다. 그는 보자마자 출판사로 한 번 투고해보라고 권유했다. 투고라는 과정을 거쳐 책이 출판되기도 한다는 걸 나는 그때 처음으로 알았다.

그날부터 출판사를 향한 투고가 시작되었다. 아마 20여 곳 가까이 출판사의 문을 두드렸던 것 같다. 내 기대와는 달리 그들은 한결같이 냉담한 반응을 보였다. 실망스러웠다. 이것이 내 한계인가 싶었다. 좌절감을 견디지 못하며 거의 포기상태에 이르렀을 즈음이었다. 도서관에서 한 여행 작가의 수기를 읽게 되었다. 거기엔 그녀가 어떻게 해서 여행 작가가 되었는지 그 과정이 자세히 나와 있었다. 그녀가 처음 책을 내던 순간이 적혀진 곳에 내 눈길이 머물렀다.

그녀 역시 나와 별반 다르지 않았다. 쓴 원고를 여러 출판사로 보냈지만 무명의 작가에게 손길을 뻗어오는 사람은 아무도 없었던 것이다. 그래도 포기하지 않고 끈질기게 출판사의 문을 두드렸다고 한다. 그녀가 연락을 받은 것은 무려 50여 곳에 가까운 출판사에 원고를 보낸 뒤였다. 그 책에는 마치 나에게 하는 듯한 말이 적혀있었다. 적어도 처음으로 책을 내고자 한다면 100군데 이상 투고하는 수고를 아끼지 않아야한다고.

난 그 말에 용기를 낼 수 있었고 다시 출판사로 글과 사진을 보내기 시작했다. 10여 군데의 출판사로 원고를 보낸 후였다. 한 출판사에서 만나자는 연락이 왔다. 난 그 출판사의 편집장을 만났고 편집장은 내 원고에 대한 자신의 의견을 숨김없이 표현했다. 에세이 형식의 여행기라 출간해보고 싶긴 한데 여행에 관한 정보도 추가되었으면 좋겠다는 말이었다. 이를테면 여행지로의 접근 방법이나 역사적 배경, 볼거리, 먹을거리, 살거리 등을 포함시켜달라는 뜻이었다. 사실 내 원고에는 그런 부분이 전혀 없었다. 난 흔쾌히 동의했고 원고를 수정하기 시작했다. 몇 차례 퇴고가 거듭되었고 그로부터 한 달쯤 후에 드디어 내 책이 출간되었다. 출간되던 날 난 서울의 한 서점 평대에 놓인 내 책을 보며 몇 시간을 보냈는지 모른다.

이야기가 끝이 나자 선배는 자신도 책을 한 권 준비하고 있다는 말을 했다. 그러면서 책을 출간한 소감을 물어왔다. 어떻게 느낀 점이 없을 수 있겠는가. 난 간직하고 있던 속마음을 가공하지 않은 상태로 정직하게 털어놓았다.

"서점에서 내 책을 마주칠 때마다 부끄럽기 짝이 없더군요. 처음에는 내가 책을 썼다는 생각에 엄청 자랑스러웠지만 그게 허세란 걸 곧 알아차렸습니다. 어찌나 부족한 점이 많던지 내 책을 산 지인들에게 고개를 들지 못할 지경입니다. 책을 낸 사람으로서의 책임이 이 정도 큰 것인지 몰랐어요. 또 한 권의 책을 내게 된다면 몇 백 배는 더 치열해져야한다는 생각뿐입니다."

관계의 틀

그는 오늘도 보이지 않았다. 벌써 사흘째다. 마음속으로 갖가지 생각이 다 들었다. 무슨 일이 있는 것일까? 아니면 이사라도 간 것일까? 혹시 취업을 한 것은 아닐는지? 하루 종일 난 그의 행방이 묘연해진 원인에 집착하고 있었다.

그를 알게 된 것은 내가 실직을 당해 도서관에 출입을 하면서부터였으니 일 년이 다 되어가는 것 같다. 그는 도서관 지킴이나 마찬가지였다. 아침마다 도서관에 도착해보면 항상 제일 구석진 자리에서 노트북을 펼쳐놓고 있었다. 매일 그 자리를 차지할 수 있다는 것은 그의 도서관 도착시간이 꽤나 빠르다는 말이다. 백발이 성성한 겉모습으로 보아 모르긴 해도 내 나이 또래임이 분명하지만 난 그와 한 번도 말을 나눠본 적이 없다. 따라서 그에 대해서 아는 바도 없다. 전직이 무엇인지, 앞으로 어떤 계획을 갖고 있는지, 도서관에 날마다 오는 목적은 무엇인지, 전혀 모른다. 간간이 일본어와 중국어의 동영상 강좌를 시청하는 모습을 보며 나처럼 실직자려니 미루어 짐작만 할 뿐이다.

그가 하루의 일과를 마감하는 시간은 나에게도 알려져 있지 않다. 그보다 더 늦은 시간에 내가 귀가한 적이 없기 때문이다. 난 오후 대여섯 시가 되기 무섭게 서둘러 집으로 돌아갔으며 어쩌다 하던 것을 마무리하느라 좀 늦는 날이 있어도 아홉시를 넘기지 않았다. 그는 그런 날도 여전히 제 자리를 굳게 고수했다. 그런 그가 며칠 째 모습을 드러내지 않고 있는 것이다.

오늘따라 이상하게 그의 부재가 나의 신경을 자극해왔다. 그와는 아무런 관계가 없는 사이임에도 난 아무 것도 하지 못한 채 안절부절못했다. 아니 초조해했다. 도대체 왜 이런 일이 생기는 것일까.

생각해보니 그동안 나는 그로 인해 상당한 위안을 얻고 있었던 것 같다. 실직기간이 늘어나면서 생기는 불안감을, 유사한 처지에 놓여있는 그를 바라보면서 상쇄시키고 있었던 모양이다. 사람들은 곧잘 어려운 시기에 처할수록 자신보다 더 어려운 사람을 생각하며 이겨내라고 말한다. 솔직히 그러다보면 비관적인 생각에서 벗어날 수 있는 것 또한 사실이다. 달리기를 할 때도 혼자 뛰는 것보다는 여럿이 함께 뛰는 것이 훨씬 수월하다. 달리면서 겪는 힘듦을 함께 나눔으로써 고통을 줄일 수 있는 것이다. 공감하게 되면 감정도 나눌 수가 있다. 감정을 나누면 삶의 무게는 한결 가벼워지는 법이다.

내가 그를 통해 위안을 얻어왔듯 어쩌면 이 도서관에서 나를 통해 위안을 얻는 다른 누군가도 있을지 모른다. 만약 있다면 그는 또 내 모습이 보이지 않을 때 불안함과 초조함을 느낄 것이다. 그렇다면 이 도서관은 우리 사이를 연결하는 귀중한 공간이라는 이야기가 된다. 적어도 이 도서관 안에서는 혼자 있다고 해서 그것이 곧 고독을 의미하는 것은 아니며, 혼자인 것처럼 보이는 사람들도 부지불식간에 누군가를 끌어들여 더불어 생활하고 있다는 뜻이다.

도서관을 오가는 횟수가 늘어나면서 우리는 어느새 하나의 유기체가 되어 있었던 것이 틀림없다. 아이디어가 하나 떠올랐다. 모두가 그렇게 심정적으로 어떤 틀 속에 묶여있는 사이라면 그 내면의 관계를 실제 관계로 발전시켜보는 건 어떨까? 우리가 느끼는 위안의 크기는 더욱 커지고 외로움의 부피는 더욱 줄어들지 않겠는가. 방법이 없는 것도 아니다. 공부하는 학생들이 주로 사용하는 스터디그룹 같은 걸 만들면 충분히 가능한 일이다. 학생들이 그룹 활동을 통해 선의의 경쟁을 벌이면서 서로 격려하고 도움을 주듯, 우리도 정보를 공유하고 친목을 도모하면서 서로를 위로할 수 있을 것이다. 거창하게 범위를 확장시키지는 않더라도 도서관을 다니는 사람들로만 국한해도 상당한 호응이 따르지 않을까?

난 저들만의 필요에 의해 스터디그룹을 모집한다는 포스트잇이 여러 장 붙어 있는 열람실의 한쪽 기둥을 기억해냈다. 거길 이용한다면 내 계획은 당장 실행이 가능하다. 어느새 난 그곳에 붙일 메모를 급하게 작성하고 있었다. '저는 실직 1년차 50대 중반의 남자입니다. 새로운 출발을 꿈꾸며 매일같이 이 도서관을 찾고 있지요. 비슷한 처지에 놓인 사람끼리 모임을 만들고자 합니다. 특별한 목적도 조건도 없습니다. 그저 편하게 도서관에서 만나 이야기를 나눌 수 있으면 그것으로 만족합니다. 그러다보면 서로 위안을 얻게 되고 새로운 삶을 사는데 도움이 되지 않을까요? 언제든 연락 환영합니다.'

불가근불가원

　무심코 휴대폰을 켠 후 화면을 이리저리 전환시켜보았다. 자주 이용하는 SNS에 새 글이 게시되었다는 표시가 떴다. 그곳을 가볍게 터치했다. 한 선배의 글이 화면을 가득 채워왔다. 며칠 전에 저녁이나 한 끼 같이 하자는 핑계로 인근의 소도시에서 만났던 선배다.

　선배의 글은 어제 저녁에 한 후배를 만나 소주 한 잔 하며 즐거운 시간을 보냈다는 내용이었다. 글에는 후배라는 사람에 대한 소개도 포함되어 있었다. 대학 동문이며 첫 직장이 같고 수원에 사는 사람이란다. 그 선배와 유독 가까웠던 나는 내 이야기를 하는 게 아닌가 싶었다. 며칠 전에 나와 만났던 이야기를 날짜를 착각하며 쓴 것이라 생각한 것이다. 그도 그럴 것이 거기 나열된 후배의 조건이 모두 나와 일치했다.

　선배가 만난 사람이 나 아닌 다른 사람이라는 건 몇 줄 더 읽지 않아 밝혀졌다. 하기야 수원에 사는 인구가 백만을 넘고, 내가 다닌 대학의 당시 학생 수가 줄잡아 오류천 명은 거뜬했으며, 내 첫 직장의 종업원 수는 오만 명에 육박하는 초 대기업이었으니, 그 교집합이라 한들 적잖은 수였을 것이다. 글 아래로 사진도 보였다. 두 사람이 식사하면서 찍은 사진이었다.

이상한 건 후배라는 사람의 얼굴이 매우 낯이 익다는 점이었다. 난 손가락으로 사진을 확대해보았다. 확대된 얼굴을 보자 저절로 고개가 또 한 번 갸웃거려졌다. 그는 가끔 도서관에서 나와 마주치던 사람이다. 참 세상이 좁구나하는 생각이 새삼 들었다. 글 밑에는 댓글이 붙어있었다. 어제 반갑고 즐거웠다는 말이 씌어있는 걸로 보아 그 후배의 글인 것 같았다.

댓글에 적힌 후배의 이름은 또 한 번 나를 놀라게 만들었다. 난 그 이름을 잘 알고 있었다. 선배를 통해 숱하게 들었을 뿐 아니라 직장생활을 할 당시에도 문서를 통해 나에게 익숙하게 전해지던 이름이다. 직접 대면을 못해서 그렇지 분명 이름만큼은 헤아릴 수 없을 만큼 많이 접한 것이 틀림없다. 아니 어쩌면 직장에서 오다가다 여러 번 만났을 지도 모른다. 그 정도로 우리들의 업무상 관계는 긴밀했다. 도서관에서 그를 처음 보았을 때 이상하게 안면이 많다고 느꼈던 것도 그 때문이었을 것이다. 그리 생각하니 나를 바라보던 그의 시선 역시 예사롭지 않았던 것 같다. 그도 나를 알 듯 말 듯한 사람으로 여겼던 것일까?

도서관에 갔더니 변함없이 그의 모습이 보였다. 그에 대해 새로운 사실이 밝혀졌지만 난 평소와 다름없이 행동했다. 반면 그의 태도는 약간 바뀌어 있었다. 잠시 쉬기 위해 자리를 벗어나다 그와 눈이 마주치게 되었을 때다. 그가 가볍게 목례를 보내왔다. 그건 분명 어제 오늘 사이에 나에 관해 새로운 사실을 알게 되었다는 의미였다. 선배를 통해 나의 존재를 알게 된 것일까? 여러 차례

선배가 나에게 그의 이야기를 한 것처럼 그에게 내 이야기를 했을 개연성은 충분하다. 엉겁결에 나도 목례를 하며 스쳐 지났다.

그때부터 이상하게 그가 의식되기 시작했다. 신문을 보러가려해도, 화장실을 가려해도, 휴게실을 들락거릴 때도, 심지어 자리에 앉아있을 때조차 신경이 쓰였다. 진득하니 자리를 지키지 못하는 내 가벼운 엉덩이를 비웃는 것은 아닐까. 열람실 좌석에 앉아서도 엉뚱하니 휴대폰이나 만지작거리는 나의 부족한 집중력을 손가락질하는 건 아닐는지. 점심시간에는 아는 체를 해온 그를 버려두고 나 몰라라 하며 혼자 식사하러가는 것도 망설여졌다. 그렇다고 함께 식사하러 가자는 말을 끄집어내는 건 더 어색했다. 결국 난 그가 자리를 벗어난 오후 두 시경이 다 되어서야 혼자서 식사하러 갈 수 있었다.

사람의 관계라는 게 참 미묘하다. 사실 그동안 도서관에서 하루 종일 혼자 지내면서 사람이 그리워지는 때가 많았다. 퇴직을 하고난 이후로 사라져버린 소속감 때문에 안타까워하기도 했다. 그런 걸 느끼면서 난 혼자가 되어가는 과정이라 생각했다. 또 나이가 들어가고, 세월이 흘러감을 반증하는 의미로 받아들였다. 그랬기에 난 그 시기를 최대한 늦추어보려고 애를 썼다. 될 수 있으면 알고 지내던 사람들과의 끈을 놓지 않으며 새로운 사람과의 안면을 늘리려 노력했다. 그러나 한 사람의 신원이 밝혀지면서 내 행동이 이렇게 제약을 받게 될 줄이야. 사람을 안다는 사실 그 이면에 이런 불편함이 도사리고 있을 줄은 생각지도 못한 일이다. 혼자일 때는 여럿 속에 스며들기 위해 온갖 힘을 다 쏟으면서 또 사람들을 하나씩 둘씩 알게 되면 그들로 인해 불편해하다니.

관계라는 의미에 새로운 눈이 떠졌다. 누군가와 가까워진다는 것은 나를 그만큼 개방해야한다는 것과 같다. 그건 그들이 내 영역으로 침투해 들어오는 것을 허용한다는 말이다. 그렇게 되는 순간 누구에게도 알리고 싶지 않았던 말과 행동들까지 무방비로 노출되기 십상이다. 또 함께 있는 상황에서는 상대에 대한 배려도 필요하다. 그건 나의 양보와 희생 없이는 불가능하다. 행동에 제약이 따를 수밖에 없는 조건이 되어버린다. 그로 인해 자연스레 걱정이 생기고 심해지면 또 그들을 피하게 되는 것이리라.

불가근불가원이라는 말이 있다. 적정한 거리를 유지해야한다는 그 말이야말로 지금 이후로 나와 설정되는 관계에 가장 잘 어울리는 말일 것이다. 정작 나에게 필요한 것은 외로움을 달랠 수 있으면서도 사생활을 방해받지 않는 관계여야 하니까. 관계를 형성하는 일을 애써 서두를 필요도 없고 구태여 피할 필요도 없다. 서서히 가까워지다 보면 신경이 쓰였던 많은 부분들이 완화될 수 있다. 가까워졌다고 해서 또 모든 걸 다 알려고 해서도 안 된다. 알리고 싶지 않은 일들은 나에게뿐 아니라 상대에게도 있기 마련이다. 무엇보다 적당한 정도를 찾는 일이 중요하다. 다만 어디까지가 가까운 것이며 어디까지가 먼 것인지, 그리고 적당한 정도는 무엇인지에 대해서는 좀 더 생각해볼 필요가 있겠지만. 어쨌거나 그와도 일단 불가근불가원의 원칙을 적용해봄직하다.

늦었다는 말

남 과장에게서 전화가 왔다. 그는 한때 내가 연구소장을 맡아 근무하던 대구에 소재한 한 회사의 책임연구원이다. 우린 4년여를 같은 사무실에서 근무했다. 그러다 3년 전 나는 그 회사를 떠났고 이후로 우린 만나지 못했다. 반가운 마음에 웬일이냐고 묻기보다 어디냐는 질문이 먼저 튀어나왔다. 그는 내가 사는 수원 인근의 한 도시로 출장을 왔다며 조심스레 저녁에 만날 수 있느냐고 물어왔다. 출장일정이 다음날까지라 그날 저녁에 여유가 생겼다면서. 난 열일 젖혀두고 그와 만나기로 약속을 했다.

모처럼 만난 우리는 식사를 마치고 한 호프집에 마주 앉았다. 화제는 자연스레 같이 근무하던 시절로 돌아가 있었다. 많은 이야기가 오가던 중 남 과장이 불쑥 나에게 감사하다는 말을 전해왔다. 자신이 석사학위를 받을 수 있었던 데 대한 고마움의 표시였다. 불현듯 그때의 일들이 떠올랐다. 당시 대학을 졸업하고 입사한지 꽤 많은 세월이 지난 상태였던 그는 나에게 공부를 더하고 싶다는 뜻을 알려왔었다. 석사학위를 받고 싶다는 것이었다. 난 그 말의 진의가 업무시간에 대해 배려를 해달라는 것임을 알고는 흔쾌히 수용했다. 배려라고 해봤자 일주일에 이틀 정도 칼퇴근을 눈감으면 되는 일이었다. 거기다 그가 전공을 하겠다는 분야는 회사에 많은 도움을 줄 수도 있어서 오히려 학비를 보태주지 못하는 것이 더 미안할 지경이었다. 그는 열심히 공부했고 정해진 2년 만에 무사히 학위를 따냈다. 남 과장은 그 학위로 인해 도움 되었던 일이 많았다며 자주 내가 생각난다고 말했다. 그 말을 들으며 나는 학위 따는 일에 선뜻 찬성할 수 있었던 배경을 이야기하기 시작했다.

오래전 일이지만 나는 2년제 대학에서 시간강사를 겸임한 적이 있었다. 기껏해야 학사학위가 다인 나를 어떻게 알았는지 그 학교 학장은 강의를 부탁해왔다. 산업현장과 밀접한 관계를 가진 과목이다 보니 15년 가까이 되는 산업체 경력만으로도 충분히 강의가 가능하다는 판단을 한 것 같았다. 그때만 해도 교수들 자원이 상당히 부족하던 시절이니 충분히 이해할 수 있는 일이었다. 직장생활과 강사를 병행해야했던 나는 야간학부의 강의만 전담으로 맡게 되었다. 강의가 3년째 이어지던 어느 날 학장은 나와의 술자리에서 추가학위를 따는 것이 어떠냐고 은근히 권해왔다. 나이 마흔 무렵이었던 나는 너무 늦은 나이라는 생각에 그의 충고를 무시하다시피 하고는 그날로 잊어버렸다. 그러다 얼마 지나지 않아 회사일로 강사의 겸임이 어려워졌고 난 학교를 떠났다.

세월이 흐른 후 학생들을 가르치는 일을 다시 하고 싶어 학교를 찾았을 때는 환경이 완전히 달라져있었다. 워낙에 쟁쟁한 학위를 가진 사람들이 많이 포진되어 있어 내 명함으로는 어림도 없었다. 이전에 학위를 따지 않았던 게 그렇게 후회될 수 없었다. 더욱 안타까운 일은 강사라는 직업에서 더없이 성취감과 보람을 느꼈음을 뒤늦게 깨달은 점이었다. 그 일을 계기로 난 누구에게나 기회가 될 때 더 공부를 하라며 추가학위를 적극 권장하는 사람이 되었다.

이야기를 다 들은 남 과장은 나에게 지금이라도 공부를 하는 것은 어떠냐고 물어왔다. 사실 남 과장이 석사 공부를 할 때도 난 추가학위 따는 것을 검토했었다. 하지만 어김없이 내 앞을 가로막고 나선 건 나이였다. 벌써 대학을 다니는 자식들을 거느린 오십대에 도달해있었던 것이다. 그들 밑에 들어가는 학비 또한 적잖은 부담으로 작용했다. 또 포기할 수밖에 없었다. 이전의 후회를 잊은 것은 아니지만 현실적인 문제를 결코 도외시할 수는 없었다.

세월이 흐르면서 이제는 어느새 예순을 바라보는 나이가 되었다. 공부를 다시 시작하는 일은 더욱 어려워져있었다. 그렇다고 완전히 포기하자니 아쉬움이 없지 않았다. 숱한 세월 속에서도 공부를 하고 싶다는 생각만은 사그라지지 않았다. 결국 난 다른 방법을 생각해냈다. 방향을 약간 선회하여 현실과 적당히 타협한 것이다. 석사는 아니지만 다른 공부를 하기로 마음먹었다. 한 디지털 대학의 문예창작과에 편입하게 된 것은 바로 그 때문이었다. 나는 그 이야기까지 하면서 남 과장에게 박사공부는 생각지 않느냐고 물었다. 남 과장의 얼굴에 웃음이 서렸다.

"아직 제 가슴에는 전무님께서 하신 말씀이 또렷하게 새겨져 있습니다. 늦었다는 말은 게으른 사람의 평계일 뿐이다. 기억나세요, 이 말씀 저희들에게 마르고 닳도록 하신 것? 그리고 저도 지금 당장은 아니더라도 곧 박사과정 한 번 시도해보려고요."

분명 내가 한 말이었다. 하지만 난 그동안 그 말을 까맣게 잊고 살아왔다. 남 과장의 말로 인해 귀가 번쩍 뜨이는 것 같았다. 한 학기만 더 하면 디지털 대학도 졸업이었다. 갑자기 또 다른 새로운 공부를 계획해야겠다는 생각이 솟구쳤다. 그 순간 학비를 걱정하는 수심어린 아내의 얼굴이 머릿속에 가득 들어와 앉았다. 그걸 누그러뜨리기 위해서는 장학생이 되겠다는 목표가 하나 더 더해져야했다.

동네 미장원

난 두세 달에 한 번 정도 머리를 깎는다. 그때면 으레 동네의 미장원을 찾게 된다. 골목마다 많고 많은 것이 미장원이지만 내가 가는 미장원은 정해져 있다. 머리손질을 함에 있어 아마 대부분의 사람들이 다 단골을 정해두고 있을 것이다. 다른 부분과 달리 외모에 대해서만큼은 지나칠 정도로 보수적인 나는 머리스타일을 변경하는 걸 좋아하지 않는다. 그런 까닭에 단골미장원에 가면 매번 머리모양에 대해 이러쿵저러쿵 요구할 일이 없어 좋다. 미용사에게 맡겨두면 그녀는 내가 원하는 형태의 머리를 곧잘 만들어낸다.

미용사의 이름을 그대로 옮겨놓은 듯한 그 미장원을 처음 찾게 된 계기는 아내 때문이다. 어느 하루 머리손질을 하고 온 아내는 나에게 적극 그 미용실을 추천했다. 자신이 원하는 꼭 그대로 머리를 커트해내더라는 것이다. 가격 또한 이 동네를 통틀어 제일 싸더라했다. 세상에 커트 비용이 육천 원하는 데가 어디 있냐며 입에 침이 마르도록 찬사를 늘어놓았다.

그때까지 매번 이발소에서 만 원짜리 머리를 깎던 나는 육천 원이라는 말에 귀가 솔깃했다. 처음으로 그 미장원을 방문하던 날 난 미용사에게 원하는 머리 형태를 이야기해주었다. 아내의 말대로 미용사는 솜씨가 좋았다. 비용 역시 다르지 않았다. 머리를 깎고 난 나는 아주 만족했다. 나의 만족감은 두 번째 그 집을 방문했을 때 최고조에 달했다. 자리에 앉아 이발 채비가 다 차려지기 무섭게 미용사는 내게 말을 건넸다. 내가 원하는 머리스타일을 정확하게 기억하면서 그렇게 깎으면 되지 않겠냐고 묻는 것이었다. 단골이 되지 않을 수 없었다.

오늘도 나는 머리를 깎기 위해 그 미장원을 찾았다. 의자에 앉아 안경을 벗자 미용사는 익숙하게 망토를 내 어깨위로 휘감았다. 나와 그녀 사이에는 아무런 말이 오고가지 않았다. 굳이 대화의 필요성을 느끼지 못한 탓이다. 귓전에서 사각사각 머리카락 베어지는 소리가 들렸다. 경쾌한 소리였다. 잘려진 머리카락들이 이따금씩 앞쪽으로 떨어져 내렸다. 눈을 감았다. 가위질 소리가 더욱 선명해졌다.

손님들이 하나둘씩 들어오는 소리가 들렸다. 그들은 비치된 대기용 의자에 앉아 잡담을 나누기 시작했다. 등 뒤에서 들려오는 음색이 여러 종류인 것으로 미루어 인기 있는 미장원이라는 것이 실감되었다. 미용사의 손길도 바빠졌다. 가위가 옮겨 다니는 횟수가 잦아지고 가위질이 빨라졌다. 귀밑머리와 뒷목부분에서 잠시 전동커터의 사용이 감지되더니 미용사가 망토를 걷어냈다. 머리를 감기 위해 자리를 옮기자는 말이 그녀의 입에서 나왔다. 나는 집에 가서 머리를 감겠노라며 손사래를 쳤다. 기다리는 사람들이 많아 조금이라도 그녀의 일손을 덜어줄 요량이었다.

안경을 다시 쓰고 거울을 쳐다보았다. 갑자기 거울 앞으로 낯선 사내의 모습이 비쳤다. 이상하다 싶어 거울 앞으로 조금 더 다가서보았다. 앞머리가 싹둑

잘려져 있었다. 이전의 모습과는 판이하게 달랐다. 깜짝 놀라 미용사를 쳐다보았다. 미용사는 나의 행동에는 안중에도 없고 다음 손님의 머리를 다듬기 위해 채비를 하느라 바빴다. 왜 이렇게 머리를 잘랐냐고 물어볼 엄두가 나지 않았다. 괜히 어색한 앞머리만 몇 번 쓰다듬은 나는 비용을 지불하고 아무 말 없이 미장원을 벗어나야했다.

집으로 돌아온 나는 몇 번이고 욕실 거울 앞에 서서 앞머리를 쳐다보았다. 아무리 그래도 예전으로 되돌릴 방법은 없었다. 돌이킬 수 없는 상황에 후회만 밀려왔다. 아내는 그런 나를 쳐다보며 웃음을 금치 못했다. 그러면서 자신이 당한 비슷한 경험을 이야기해주었다. 그녀 역시 나처럼 앞머리가 짤막하니 잘려진 적이 있다는 것이다. 언젠가부터 미용사가 고객의 스타일을 기억하지 못하고 그와 다르게 머리를 손질한다는 소문이 돈다고도 했다. 워낙에 손님이 기하급수적으로 늘어난 상황이니 충분히 있을 수 있는 일이다. 아내는 그래서 더 이상 그 미장원엘 가지 않는다고 말했다. 그러면서 고작해야 나에게 위로라고 하는 말이 짧은 앞머리가 귀엽다고 한다.

잘못은 미용사에게만 있는 것은 아니다. 모든 걸 알고 있으려니 하며 그냥 내버려둔 나에게도 있다. 머리를 깎기 전에 나의 요구사항을 주지시켰으면 이런 일은 일어나지 않았을 것이다. 일말의 책임감이 나에게도 있으니만큼 더 이상 누구를 책망할 필요는 없는 일이다. 또 시간이 지나면 금세 자라나는 것이 머리가 아닌가. 몇 번을 달래도 아쉬움은 사라지지 않았지만 아내를 한 번 웃길 수 있었다는 사실로 오늘의 일을 잊어버리기로 마음먹었다. 그렇다고 두 번 다시 그 미장원을 가지 않겠다는 생각 따위는 하지 않았다. 아무리 귀찮아도 다음번에는 내가 원하는 머리형태를 똑똑하게 말을 하리라 다짐했다. 한 가지더, 미용사에게도 일러주고 싶었다. 무슨 일이 있어도 머리에 가위를 대기 전에 고객에게 꼭 원하는 머리형태를 물어보라고.

부고

　전화기를 통해 부고문자가 한 통 날아들었다. 우리 나이가 벌써 이순(耳順)을 눈앞에 두었으니 부모님들의 소천소식이 생소한 일은 아니다. 게다가 최근에는 거의 일면식도 없는 사람들의 부고까지 무차별적으로 전해지는 추세여서 난 그저 무관심에 가까운 눈길을 문자의 제목에만 슬쩍 한 번 주었다가 거둬들일 요량이었다. 종종 문자로 전해지는 요즘 부고라는 것이 간단히 제목만 보아도 나의 지인인지의 여부와 망자와 발신인과의 관계를 미루어 짐작할 수 있기 때문이다. 그러나 이번에는 그 제목이 남달랐다. 흔히 '홍길동의 부친상'과 같이 제목은 지인의 이름과 망자와의 관계로 구성되기 마련인데, 그 두 가지 모두가 유독 내 시선을 끌었던 것이다. 그곳에는 불과 몇 달 전에 한 결혼식장에서 우연히 만난 적이 있는 고등학교 때 꽤 친했던 친구의 이름과 함께 '본인상'이라는 문구가 덧붙여져 있었다. 순간 머릿속이 텅 비어지는 것을 느끼며

'어, 이 친구……'라고 혼잣말을 중얼거리는데 전화기가 진동을 울려왔다. 고등학교와 대학을 동문수학한 후 지금까지 줄곧 만남을 유지해오던 K의 전화였다.

"야, 방금 문자봤지? 너 어떡할 거야. 가까운 길이 아닌데 문상갈 수 있겠어?"

그는 내 심정을 꿰뚫어본 것처럼 문상가기 어려울 것임을 전제하는 말투였다. K의 말에서 난 친구의 마지막 길조차 배웅하지 않는 몰인정한 사람이라는 인식에서 벗어날 수 있는 핑계거리를 찾으려했다. 슬며시 그의 의중을 떠보았다.

"글쎄, 가보고 싶은데 너무 멀어서 말이야. 여기서 부산까지만 해도 기차로 족히 서너 시간은 걸릴 텐데 빈소는 부산역에서도 한참 떨어진 곳이잖아. 대중교통도 넉넉하지 않고. 넌 어쩌려고?"

"그래서 이번에 난 안 가려고. 막말로 걔가 우리랑 고등학교 때는 좀 친하게 지냈지만 그 이후엔 거의 내왕이 없었잖아. 내려가는데 교통비도 만만찮게 들기도 하고. 본인상이라니 더 그래. 걔 가족들을 알고 지낸 것도 아니고. 냉정하게 들릴지 모르지만 내가 간다고 해도 그 사람들이 다음 내 경조사에 참석할 일은 없지 않겠어?"

듣다보니 가지말자고 권유하는 듯했지만 그는 정곡을 찌르고 있었다. 결국 우리들의 관계라는 것도 기브 앤 테이크(Give and Take)가 아니냐는 말이다. 차마 겉으로 표현하지 못해 가슴속에 묻어두고 있는 말을 그가 대신 속 시원하게 말해준 셈이었다. 하지만 난 그런 말까지 K에게 하지는 않았다.

"그러지 뭐. 거기 가서 오랜만에 친구들도 만나면 좋긴 하겠지만 네가 안 간다면 나도 안 갈래."

도리어 문상을 가지 않는 것이 순수한 내 뜻이 아니라 K의 뜻을 좇아 어쩔 수 없는 선택을 한 것으로 위장했다. 내 자신까지 속이려는 용의주도함이었다.

한 친구의 죽음으로 고등학교 동창들끼리 소통하며 지내던 SNS 사이트가 시끄러웠다. 그와 얽힌 추억들을 이야기하는 사람이 있나 하면, 저녁에 문상을 가려는데 함께 가자며 약속을 정하는 이들도 있었다. 문상을 오지 못하는 사람들을 위해 조의금 전달을 하겠다며 친절하게 자기 계좌번호를 올려놓는 친구까지 있었다. 그들 한 명 한 명이 소식을 올릴 때마다 전화기는 계속 부르르 떨어댔다. 나는 애써 그것들을 외면하려들었다. 그러나 쉽지 않았다. 전화기의 진동이 울릴 때마다 혹시 다른 연락은 아닌가 싶어 열어보면 부고와 관련된 글들이 화면을 채워놓기 일쑤였다. 하루 종일 불편한 마음으로 지낼 수밖에 없었다.

누군가 그의 사진을 올린 것은 그날 저녁 무렵이었다. 무심코 사진을 열어본 나는 깜짝 놀랐다. 그와 사진을 올린 친구 그리고 나, 세 사람이 교련복을 입고 사이좋게 어깨동무를 하고 있는 사진이었다. 자세한 정황이야 기억나지 않았지만 고등학교 시절 소풍을 갔을 때의 모습인 것 같았다. 난 사진을 두 손가락으로 확대하며 좀 더 자세히 들여다보았다. 그들은 분명 웃고 있었다. 그런데 웬일인지 나를 제외한 두 사람의 웃음은 비웃음으로만 보였다. 친구의 마지막 길 노자 돈조차 철저히 타산적으로 헤아리려 드는 나를 책망하고 있는 듯했다. 얼른 전화기의 화면을 꺼버렸지만 그 잔상은 오랫동안 사라지지 않았다.

결국 나는 견디다 못해 한 친구가 적어놓은 계좌로 조의금을 이체하고야 말았다. 그러면서 마지막으로 친구에게 인사했다.

'친구, 미안하네. 부디 용서하시게. 그리고 마지막 가는 길에 염치불구하고 내 한 가지 부탁함세. 이놈의 속물근성, 이것도 제발 내 몸에서 떼어내 자네가 좀 가져가 주시게나.'

가지 않을 수 있었던 길

대학을 졸업하고 처음으로 가진 직장에서 만났던 부하직원의 글이 SNS에 올라왔다. 읽어보았더니 과거를 돌이켜볼 때 가지 않았으면 좋았을 것 같은 고난의 길은 없다는 내용의 한 유명시인의 시였다. 이 친구가 무언가 힘든 일이 있나 싶어 조금이나마 힘이 되어주려고 '그 길이 그대가 선택할 수 있었던 최선이었음을 잊지 말길'이라는 댓글을 달았다. 그는 잘 지내느냐는 안부를 또 답글로 물어왔다. 비록 사이버공간상에서 단 몇 마디 주고받은 것에 불과하지만 그와의 만남이 그렇게 반가울 수 없었다.

돌이켜보면 그를 처음 만난 것은 내가 과장 직함을 달고 있을 시기였다. 당시 신입사원의 때를 온전히 벗지 못한 그였으니 나와는 아마도 10년 정도 차이가 날 것이다. 대학후배이기도 했으며 성실하고 총명했던 그를 난 꽤 믿음직스러워했다. 우린 5년 정도를 한 팀에서 근무했다. 그 후 내가 이직하면서 헤어지게 되었지만 그렇다고 서로 간에 완전히 연락의 끈을 끊어버린 것은 아니었다. 서너 해 정도는 1년에 한두 차례 드문드문 만남을 이어갔다. 그러나 생활의 공간이 달라지면 만남이란 게 오래 유지되기는 힘든 법이다. 우린 서서히 멀어졌고 간혹 SNS에서나 서로 소식을 듣는 사이가 되고 말았다. 뒤늦게 헤어보니 그것도 어언 이십 년 가까운 세월이 흐른 상태다.

말하자면 그와 나의 관계는 5년간의 기억과정과 20년간의 망각과정으로 이루어진 것이라 할 수 있다. 신기한 건 망각의 기간이 몇 배나 길었음에도 불구하고 나에게 남은 그의 기억이 아직 엄청나게 많다는 점이다. 수행하던 프로젝트 거의 막바지 무렵에 며칠을 이어 밤을 새던 일이며, 회사의 유니폼을 그대로 입고 200여 킬로미터나 떨어진 스키장으로 차를 몰고 가 야간스키를 타던 일, 일본 출장을 갔다가 낯선 길을 헤맸던 일 등 실로 어마어마한 양의 기억들이 남아있다. 인간이 가진 기억력에는 한계가 있을 수밖에 없다. 또 기억력은 나이가 들면서 점점 쇠퇴해간다. 뿐만 아니라 그와의 첫 기억은 뇌의 노화가 시작되고도 남을 30대 이후에 일어난 것이다. 그런 사실을 모두 감안한다면 지금쯤 그는 나에게 거의 잊힌 사람이 되어야한다. 왜 그러지 않고 정반대의 현상이 일어나는 것일까? 그건 아마도 기억될 당시 얼마나 강한 인상을 받았느냐에 달린 문제일 것이다. 사진으로 치자면 그와의 사이에서 비롯된 기억들은 여타의 기억에 비해 해상도가 높아 뚜렷한데다 그 숫자도 훨씬 많다는 말이다.

나는 과거를 돌아보면서 더러 후회했던 적이 있다. 어린 시절부터의 꿈과는 다른 길을 걸어왔기 때문이다. 문청(文靑)을 꿈꾸면서도 당장의 경제적인 어려움을 벗어나고자 공학도가 되었던 그 시절, 만약 원하던 길을 걸었더라면 내 삶은 어떻게 바뀌었을까? 물론 결과는 어느 누구도 알 수 없다. 다만 이 길이 내 길이 아닌데 하며 숱하게 내뱉던 자조 섞인 넋두리만큼은 줄어들었을 것이 틀림없다.

하지만 나는 오늘 그 후배로 인해 새로운 것을 깨달았다. 그동안 걸어왔던 엔지니어로서의 길이 잘못된 길이 아니었다는 사실이다. 그와의 기억이 이렇게 선명하고도 풍부하다는 것이 그것을 증명해준다. 만약 그 시절들이 아무런 의미가 없었다면 내 머릿속의 공간을 이처럼 많이 차지할 수는 없는 일이다. 내가 가지 않았으면 했던 그 길은, 바로 오늘 그가 SNS에 올린 그 시인의 시 구절처럼 가지 않을 수 있었던 길이 아니었던 셈이다.

물론 그것만으로 내 인생 전체에서 가지 않을 수 있었던 길이 전혀 없을 거라 단정 짓기에는 이르다. 반대로 기억이 상당 부분 사라져 생각조차 나지 않는 날이라면 그곳에 가지 않을 수 있었던 길이 존재할 수도 있다. 그러나 조금만 더 생각해보면 그것도 아님을 금방 알 수 있다. 기억이 적고 흐린 날이라는 의미 자체에는 벌써 가지 않았으면 하는 후회 또한 그만큼 작다는 뜻이 내포되어있는 것이다.

결국 난 가야할 길을 갔던 것이고 그 결과 지금 여기 도달해 있는 것이다. 그 길에서 만난 그를 오늘 떠올리며 이렇게 추억할 수 있는 것도 갈 길을 갔던 까닭이다. 평생 글 쓰는 사람이 되고 싶다는 꿈을 실현시키기 위해 지금이나마 이렇게 매일 글을 쓸 수 있게 된 것도 그 길을 갔기에 가능한 일이다. 이 순간에도 그를 소재로 이렇게 글을 쓰고 있지 않은가. 분명 내가 가지 않을 수 있었던 길은 없으며 내가 선택한 그 길이야말로 최선이었음은 더 이상 말할 나위가 없다.

소통

며칠 전 대학 때부터 알고 지내던 한 선배를 만났다. 그와는 잊을 만하면 한 번씩 만나 술잔을 기울이곤 하는 사이다. 그날도 별 다르지 않았다. 우리는 서울 근교에서 만나 저녁을 함께 한 후 호프집에서 맥주를 얼큰하게 마신 상태였다. 그때 문득 지난번 만남에서 돈을 빌렸던 사실이 기억났다. 신용카드 사용이 보편화되면서 지갑에 현금을 잘 안 가지고 다니던 내가 귀가길 택시비조로 빌린 돈이었다. 택시 역시 카드로 결제가 가능하지만 워낙에 늦은 시간이어서 혹시라도 카드 사용이 불가하다고 할 때를 대비해 나름의 준비성을 발휘한 결과였다. 그 사실을 일깨우며 돈을 건네자 선배는 완전히 잊고 있다가 기억을 되살리는 표정이었다.

"나이가 드니까 기억력이 점점 흐려지는 것 같아. 그런데 신기한 게 받을 돈은 기억을 못하면서도 빌려준 돈은 꼭 기억을 한단 말이야."

하고자 하는 말의 뜻을 이해 못한 것은 아니지만 '받을 돈'과 '빌려준 돈'은 분명 같은 뜻의 말이었다. 그것을 지적하며 우린 그 또한 노화의 한 현상이라며 목 놓아 웃었다. 굳이 노화라는 표현을 빌려가며 '빌린 돈'을 '빌려준 돈'으로 잘못 표현한 그의 범주에 나까지 포함시킨 연유는 나 역시 그런 경험에서 자유로울 수 없었기 때문이다. 아직까지도 '피톤치드'인지 '치톤피드'인지를 헷갈려하고, '근초고왕'인지 '근고초왕'인지 구별을 잘 못하는 나였던 것이다. 이쩌면 그 정도야 의미는 전달되었으니 약과에 불과한지도 모른다. 언젠가 소통조차 안 되는 일을 체험한 적도 있다. 물론 표현의 잘못이 아니라 발음의 잘못에 기인한 일이긴 하지만.

문제의 날도 적당히 술에 취해 있었다. 인천에서 택시를 탄 나는 운전수에게 안산의 정왕역으로 가자고 말한 후 잠이 들었다. 다 왔다고 무심코 내린 곳은 느낌이 많이 달랐다. 알고 봤더니 그곳은 정왕역이 아닌 중앙역이었다. 경상도 사내인 내 발음에 문제가 있었는지는 몰라도 어쨌든 난 그 일로 인해 여러 가지 불편을 겪어야만 했다. 이후부터 택시를 타 목적지를 이야기할 때면 또박또박 끊어 말하는 버릇이 생긴 것도 그 일이 전해준 교훈 탓이다.

이와는 달리 소통이 안 되는 바람에 긍정적인 결과가 초래된 경우도 있다. 초등학교 시절 '되고 싶은 사람'이라는 제목으로 백일장이 열리던 날이었다. 누가 보아도 주제는 어떤 직업을 가진 사람이 되고 싶으냐가 명백했다. 그걸 모르지는 않았지만 나는 남들이 다룰 것이 뻔한 대통령이니 판검사니 의사 같은 이야기를 과감하게 포기했다. 직업이 아닌 어떤 사람이 될 것인가에 초점을 맞추며 나름 낯설게 보이기를 시도했다. 그건 어려서부터 문학적 자질이 뛰어나서가 아니었다. 밝은 잔머리를 활용해 나름의 영악함을 발휘한 것이었다. 난 '성실한 사람'이 되고 싶다는 요지의 글을 썼고 그 글은 백일장에서 장원을 했다. 선생님들조차 그런 내용의 글이 나올 줄 몰랐다며 칭찬 일색이었다. 그러나 사실 정확히 따져보면 나의 글은 제시된 주제와는 아주 동떨어져있었다. 언어 자체만으로 볼 때 완전히 달랐다고는 말할 수 없겠지만 적어도 제목을 정했던 사람의 의도와는 다른 것이 확실했다. 전혀 예상치 못했다는 선생님들의 평만 보아도 그건 충분히 알 수 있는 일이었다. 과장해 표현하자면 동문서답이 뜻밖의 결과를 가져다주었다고나 할까. 소통을 거부한 것이 신선함을 부여했다고도 할 수 있다.

이처럼 불통도 때로는 아주 소중할 때가 있다. 듣는 사람의 시각과 청각에 따라서 불통이 선문답의 효과를 나타내기도 하며 심지어 우문현답으로 간주되기도 한다. 우리는 현 시대를 살면서 늘 소통의 필요성을 강조해왔다. 사회적 동물인 우리 인간에게 소통은 필수요소다. 문제는 소통이 되지 않을 때 그원인을 남 탓으로 돌리는데 있다. 구태여 자신만은 불통의 책임으로부터 배제시키려는 그런 행동은 불통을 너무 부정적인 시각으로만 바라보는데서 오는 지극히 자연스런 현상이다. 통하지 않는다고 탓할 일이 아니다. 통하지 않는 곳에서 오히려 참신함과 새로움을 발견하려 적극적으로 애쓰는 순간 이 땅에서 불통으로 생기는 문제들은 완전히 사라지게 될지도 모른다.

세발자전거

며칠간의 맹추위가 이어진 후 모처럼 기온이 회복된 일요일 오후였다. 베란다 창을 통해 들어오는 겨울햇살이 더없이 따뜻했다. 유혹을 이기지 못한 나는 동네를 휘도는 조그만 실개천을 따라 산책을 하자며 집을 나섰다. 흥얼거리던 콧노래가 다소 시들해질 무렵이었다. 삼사십 미터 앞에서 세발자전거가 굴러가는 모습이 보였다. 속도가 그다지 빠르지 않았던지 자전거는 금방 내 앞에 다가와 있었다.

자전거는 굴러가는 것이 아니라 끌려가는 중이었다. 자전거의 핸들 중앙부분에 밧줄이 단단히 매어져 있었고 그 밧줄의 끝은 젊은 남자의 손에 꽉 붙잡혀있었다. 안장에는 열 살 정도 되어 보이는 계집아이가 꼼짝할 수 없을 정도로 포박된 채 앉아있었다. 자세히 보았더니 남자도 계집아이도 모두 외국인이었다. 둔치로 난 좁은 길의 포장상태가 좋지 못해 자전거에서는 계속 철커덕

철커덕 둔탁한 소리가 났다. 낯선 모습에 난 더욱 자세히 자전거를 살펴보았다.

아이의 고개는 한쪽으로 심하게 치우쳐있었다. 제 의지대로 고개를 가누지 못하는 듯했다. 순간적으로 장애아동임을 직감했다. 아니나 다를까 발조차 자전거의 앞바퀴 페달에 묶여 고정된 상태였다. 자전거는 아이의 발에 의해 힘이 가해져 바퀴를 돌리면서 나아가는 것이 아니라, 남자가 끄는 팔 힘으로 나아가면서 페달이 돌고 그 페달이 아이의 발을 움직이는 형국이었다. 자전거라는 것이 그 한자(漢字)의 의미처럼 스스로 회전시켜 움직이는 수레라면 그건 더 이상 자전거가 아니었다. 자신의 힘으로 움직일 수 없는 아이를 그렇게 억지로라도 운동을 시키겠다는 아버지의 애틋한 마음이 읽혔다.

문득 한 친구의 얼굴이 떠올랐다. 그 역시 장애아동을 키우는 아버지다. 친구가 그 아이를 낳은 건 사십이 훨씬 넘은 나이였던 십오 년 전의 일이다. 어렵사리 얻은 아들이건만 공교롭게도 아이는 10여 개월을 지나면서부터 성장을 멈추어버렸다. 나이로 열다섯인 지금도 아이는 여전히 서지도 걷지도 못하며 크기 또한 당시의 수준을 크게 벗어나지 못하고 있다. 성장만 멈춘 채 생명을 유지하는데 아무 문제가 없다면 그나마 다행이련만 아이는 심각한 병을 앓고 있다. 병도 잘 알려진 병이 아니라 최소한 한 달에 두어 번씩 병원을 찾아 입원과 치료를 반복해야만 생명을 유지할 수 있는, 듣도 보도 못한 희귀병이다. 그 일을 감당해야하는 친구의 고통은 옆에서 내가 보기에도 이루 말로 표현할 수가 없을 지경이다. 더군다나 의료보험 혜택을 받기가 힘든 병이라 경제적 부담 또한 엄청나다.

그런 그가 실직을 당했을 때였다. 우연히 만난 자리에서 난 그의 형편을 들을 수가 있었다. 수입이 없다한들 지출마저 없앨 수는 없었기에 그는 가지고 있던 집을 판 것도 모자라 그나마 남아있던 전세금마저 병원비에 충당하고는 아는 지인의 집에 얹혀사는 처지였다. 그러면서도 해맑게 웃기만 했다. 자신이 죽는 한이 있더라도 절대로 먼저 포기할 수 없는 것이 자식이라는 말을 하면서. 또 반드시 언젠가는 나을 거라는 확신을 버리지 않는다면서. 결국 그는 경제적인 어려움을 벗어나기 위해 평생 사무직으로만 일해 왔던 자신의 과거조차 지워버린 채 현장에서 육체노동을 하는 일마저 서슴지 않았다. 그의 노력에 하늘도 감동했는지 몇 년이 지난 지금은 다소 형편이 나아져 제대로 된 직장생활을 다시 시작하고 있다는 소식을 듣고는 있지만, 난 당시의 그를 통해 아버지라는 낱말이 주는 무게가 얼마나 무거운 것인가를 새삼스레 배울 수 있었다.

오늘 세발자전거를 보면서 그를 떠올린 것도 그 아버지라는 단어 때문이다. 어쩌면 저 남자도 똑같은 생각이지 않을까. 분명 아이의 병은 예사롭지 않았다. 그러나 아무리 의학적으로는 치유가 불가능하다해도 아버지이기 때문에 낫게 할 수 있으리라는 믿음을 버리지 않은 채 저렇게 자전거를 끌고 있으리라.

지나온 길을 되돌아보았다. 남자는 여전히 가쁜 숨을 몰아쉬며 자전거를 끌기에 여념이 없었다. 아이의 발을 묶은 채 철커덕거리며 돌아가는 앞바퀴를 쳐다보았다. 초점이 모아지면서 자전거 바퀴가 조금씩 커지고 있었다. 회전하는 속도 또한 빨라지기 시작했다. 바퀴는 순식간에 어지러울 정도의 빠르기로 회전하더니 그 모양이 변해버렸다. 그것은 구(球)의 형태를 지닌 지구의 모습이었다. 지구 역시 빠르게 자전했다. 한참 바라보던 나는 현기증이 일었다. 잠시 눈을 감았다 떠보았다. 그 순간 빠르게 돌던 지구는 다시 회전속도를 줄이며 서서히 정지하고 있었다. 어느새 모습은 원래의 자전거 바퀴 모습으로 되돌아와 있었다. 이번에는 시선을 자전거를 끌던 남자 쪽으로 옮겨보았다. 자전거를 끄는 사람이 바뀌어 있었다. 그 사람은 남자가 아닌 젊은 여자였다. 눈을 비비며 안장 쪽을 바라보자 그곳에도 계집아이 대신 파란 눈의 늙은 노인이 앉아 있었다. 그때서야 나는 깨달았다. 포기를 모르는 아버지라는 단어의 무게만큼이나 자식이라는 단어의 무게도 엄청나게 무겁다는 것을.

승진과 영전

아침에 신문을 뒤적거리다 한 대기업의 임원인사 기사를 접했다. 한 해가 막 시작되는 무렵이니 그게 뭐 새로울 것은 없다. 회사의 업종이 무엇이든 규모가 어떠하든 연초에는 으레 임직원들에 대한 승진 발표와 인사이동을 실시하기 마련이니까. 하지만 나는 기사에서 눈을 떼지 못했다. 그 회사는 내가 15년간 이나 근무했던 회사였고 헤드라인을 장식한 인물의 이름은 내 입사동기인 영태였다. 그는 부사장이 되어 있었다.

그와 함께 생활했던 시절이 생각났다. 우린 같은 부서에서 근무한 동기이기도 했지만 승진 때만 되면 선의의 경쟁자이기도 했다. 경쟁에서는 내가 조금 앞섰다. 진급의 지표인 영어성적과 인사고과 모두 내가 더 좋았기 때문이다. 마땅히 난 진급도 빨라 그보다 1년 먼저 과장이 되었고 그 격차는 내가 회사를 떠날 때까지 좁혀지지 않았다. 그런 그가 부사장이 되었다니. 나는 손가락을 꼽아가며 진급연한을 헤어보았다. 제때 진급을 하기도 힘든 게 요즘 현실이지만 영태는 나의 퇴직 이후 고속승진을 거듭한 것이 틀림없었다.

계속 회사에 남아있을걸 하는 후회가 밀려왔다. 그랬더라면 지금 그의 자리가 내 것이 되지나 않았을까. 나보다 못했던 그가, 누구나 부러워하는 자리에 올랐다는 사실만으로 난 내 것을 빼앗긴 것 같은 착각을 했다. 내가 회사를 떠난 후 그가 어떻게 살아왔는지에 대해서는 생각조차 않으면서.

그때 한 후배에게서 전화가 왔다. 그는 또 한 명의 내 입사동기인 철효에 대한 소식을 전해주었다. 철효는 이번에도 진급을 못해 10년이 넘도록 부장의 직함을 유지하고 있다고 했다. 나는 직급정년제도가 있었다는 사실을 기억하며 철효는 거기 해당되지 않느냐고 물었다. 직급정년이란 한 직급에서 10년 동안 승진을 못하면 권고사직을 시키는 제도다. 후배는 턱도 없는 소리 말라며 웃었다. 노동조합이 버젓이 존재하는 회사에서 권고사직이라는 말은 이제 생각도 할 수 없는 행위라는 것이다. 세상은 참으로 많이 바뀌어 있었다. 난 후배의 말을 들으면서 진급 못한 철효가 안타깝기보다는 오히려 부러웠다. 승진과는 상관없이 나이 예순에 가까워질 때까지 직장생활을 보장받을 수 있다는 것이 어딘가. 물론 만년 부장으로서 주변사람들의 눈치를 견뎌내야 하는 철효의 입장은 전혀 고려하지 않은 채.

지인들의 승진과 인사이동에 관한 소식은 계속되었다. 오후가 되면서 대학 동아리 친구들의 단체대화방이 소란스러웠다. 부산의 한 자치구에서 공무원으로 근무 중이던 친구 하나가 다른 자치구로 근무지를 옮겼다며 자신의 인사이동 소식을 전해온 것이 계기였다. 누군가가 승진인지 영전인지를 물었다. 그 말에 이어 승진해서 영전했겠지 하는 추측성의 글을 올린 친구도 있었다. 그러자 갑자기 축하한다는 문자들이 쇄도하기 시작했다. 화제의 중심에 놓인 친구는 축하가 부담스러웠던지 해명하는 글을 다시 올렸다. 승진도 영전도 아닌 단순한 인사이동이라는 것이 해명의 요지였다. 승진주를 사기 싫어 숨기는 행위 아니냐는 장난기 가득한 글들이 이어졌다. 그 친구는 승진과 영전의 의미도 모르냐며 대꾸했다.

그들의 대화내용을 보면서 난 승진과 영전의 진정한 의미가 궁금했다. 사전을 찾았더니 승진은 직위의 등급이나 계급이 오름, 영전은 전보다 더 좋은 자리나 직위로 옮김이라고 적혀있었다. 두 단어의 공통점은 이전보다 나아진다는 것이었다. 갑자기 그 의미를 약간 비틀어 굴절시켜보고 싶었다. 그 나아진다는 기준에 절대적인 개념이 아닌 상대적인 개념을 적용해보면 어떨까? 나는 생각의 결과를 친구들과의 대화방에 글로 남겼다. '언어라는 게 사용하는 사람들에 따라 그 뜻이 달라지는 법. 승진과 영전의 의미도 마찬가지. 55세가 넘은 사람들에게는 제 자리를 지키는 것만도 승진, 인사이동은 덤으로 누리는 영전.' 분명 틀린 것은 아니리라. 사오정이니 이태백이니 하는 말들이 유행어가 된지 벌써 오래인 마당에 55세가 넘어서까지 회사를 떠나지 않는 것 자체를 승진이고 영전이라 표현한들 무엇이 잘못일까.

그걸 증명이라도 하듯 내 글에 동의하는 친구들이 다수 생겨났다. 심지어 우리 모두가 승진을 하고 영전을 한 것이니 이 참에 자축하는 모임을 갖자는 친구도 나타났다. 생각해보니 그 또한 옳았다. 부사장이 되거나 아직 직장에 남아있는 사람들을 보며 아침에 부러워하기까지 했던 나 역시 승진과 영전의 혜택을 고스란히 누리고 있는 셈이었다. 건강을 유지하면서 나이를 한 살 더 먹은 것, 그것이야말로 승진이 아니고 무엇이랴. 또 은퇴를 하면서 그토록 원하던 글쓰기를 마음껏 할 수 있게 되었으니, 이 또한 최고의 보직을 부여받은 영전이 아니고 무엇이겠는가.

제4부
주변 세상이 주는 메시지

롤 감은 여자

　지인과의 약속이 있어 사당에서 4호선 전철을 탔다. 맞은편에 20대로 보이는 여성이 앉아있었다. 예사롭지 않은 미모에 난 이따금씩 그녀의 얼굴을 곁눈질로 훔쳐보곤 했다. 두 코스쯤 지났을 때다. 그녀는 가방을 이리저리 뒤지더니 뭔가를 끄집어냈다. 빠져나온 것은 여성들이 머리의 형태를 일정한 모양으로 유지시키려 할 때 사용하는 롤이었다. 그녀는 익숙한 동작으로 롤을 앞머리에 감기 시작했다. 잠시 후 그녀의 앞머리에는 분홍빛 롤이 매달려 대롱거렸다. 채 몇 분이 지나지 않아 그녀는 다시 가방을 뒤적였다. 이번에는 화장도구들이 잡혀 나왔다 그녀는 아무런 거리낌 없이 화장을 시작했다. 지하철은 만원이라고는 할 수 없어도 서 있는 사람이 상당할 정도로 꽤 붐비는 상태였다.

　대중교통을 이용하는 내 눈에 그런 모습이 비친 것은 비단 오늘이 처음은 아니다. 모두가 한참 바쁜 출근시간에 여고생이 시내버스에서 롤을 머리에 매단 채 등교하는 모습도 보았다. 광역버스를 타고 수원에서 서울을 오갈 때도 유사한 광경은 종종 목격되었다. 그러고 보니 대중교통 내에서의 자기꾸밈행위는 여성들에게 이미 보편화된 행위일지도 모르겠다. 나만 시대에 뒤떨어져 이상한 눈으로 바라는 것일 뿐.

언젠가 이전 대통령의 탄핵심판을 담당한 한 여성 전직 헌재재판관의 롤이 화제가 된 적이 있다. 차에서 내려 청사로 출근하는 그녀의 머릿속에 롤이 매달려 있는 모습을 한 기자가 사진을 찍어 언론에 공개한 것이다. 그 모습을 바라보며 국민들은 다소 신선한 충격을 받았다. 출근하면서 자기 치장을 해야 할 정도로 바쁜 일상을 살아가는 모습과 직접 자기 손으로 머리 손질을 하는 소박함이, 고위관료라는 단어가 주는 느낌과는 달랐기 때문이다.

하지만 지금 내 앞에 앉아있는 여성의 롤은 그것과는 엄연히 다르다. 헌법재판관의 자기단장은 자신의 승용차라는 혼자만의 공간에서 비밀스레 이루어진 것에 반해 이 여성의 행위는 대중에게 공개된 장소에서 행해졌다는 점이 그렇다. 또 한쪽은 숨기고 싶었음에도 실수로 드러난 행동이지만, 다른 한쪽은 아예 의도적으로 드러내놓고 한 행동이다. 지하철 안에서 롤을 감고 태연히 화장을 하는 그녀의 모습은 첫인상과는 달리 점점 흉측해 보였다.

여성의 꾸밈이란 그 과정이 은근히 숨겨지고 감추어질 때 더 아름다운 법이다. 민낯만을 보여주던 연인이 어느 날 전혀 색다른 모습으로 화장을 하고 나타났을 때 그 놀라움은 한층 크며 더욱 예뻐 보인다. 반대로 화장을 하는 과정 하나하나를 지켜본 연인은 별다른 느낌을 갖지 못한다. 흔히 우리에게 신비로움을 던져주는 마술의 세계도 마찬가지다. 꽃이 비둘기로 변하는 모습은 신기하기 짝이 없고 끝없는 호기심을 유발시킨다. 그러나 청중을 속이는 마술사의 술책을 알고 난 후라면 그 장면은 지루하기만 하다.

그런 점을 저 여성 또한 모르지는 않을 것이다. 다만 지하철 내에 있는 우리 일반인들의 시선이 그녀에게는 아무런 상관이 없다고 생각하는 것뿐이다. 그녀의 관심은 오직 잠시 후 만날 자신의 연인이나 친구에게만 쏠려있을 따름이다. 나머지 대중들에게는 다소 보기 흉하다한들 자기가 만날 사람에게만 아름다운 사람으로 기억되면 그뿐이라는 생각을 하고 있는 게 틀림없다. 그런 생각에까지 다다르자 난 서서히 기분이 나빠지기 시작했다. 나를 포함한 모든 지하철 승객들이 그녀에게 완전히 무시당하고 있다는 느낌이 든 탓이다. 비약이 심한지는 모르지만 그녀는 우리를 마치 인간의 형체조차 잃어버린 투명인간으로 취급한 건지도 모른다.

　물론 그녀가 나에게, 아니 이곳 지하철 승객들에게 피해를 준 일은 없다. 눈살이 조금 찌푸려지고 불쾌한 감정이 솟아나는 게 고작이다. 그럼에도 내 마음속에서는 갑자기 심술기가 발동하면서 엉뚱한 공상이 펼쳐졌다. 롤을 감고 화장을 하는 그녀의 옆 사람이 다음 역에서 내린다. 그 자리에는 한 중년 남성이 앉는다. 그 남자는 자리에 앉자마자 가방 속에서 전기면도기를 꺼낸다. 그리고는 아무렇지도 않다는 듯이 면도를 시작한다. 그런 상황이 벌어지면 그녀의 표정은 어떻게 바뀔까? 아마도 당혹스런 표정이 역력하리라. 자신은 화장을 하면서도 면도를 하는 옆 사람이 엉뚱하기만 하다는 시선을 던지는 것은 아닐까? 그녀의 모습이 상상되자 나도 모르게 웃음이 흘러나왔다.

섬 마을버스

하산을 하고보니 한적한 어촌마을이다. 세 시간 넘게 섬 한 가운데 있는 산을 타고 넘어왔으니 선착장과는 정 반대편일 것이다. 시간은 오후 다섯 시를 지나 있다. 11월도 중순이라 해는 뉘엿뉘엿 서쪽 바다로 잠겨드는 중이다. 애초부터 오늘 밤은 섬에서 머물기로 했으니 시간에 쫓길 일은 없다. 그래도 선착장으로 가는 편이 나아 보였다. 섬으로 들어올 때 그 주변에서 숙박시설 간판을 몇 개 보았던 게 기억난 탓이다. 해안을 따라 몇 걸음 떼어놓자 조그만 구멍가게 하나가 시야에 잡혔다. 길도 물을 겸 우리는 그곳을 들렀다.

주인장은 70대 중늙은이였다. 노인에게 선착장으로 가는 길을 물었다. 그저 해안을 따라 쭉 이어져있는 게 유일한 길이라는 대답이 돌아왔다. 섬을 완전히 일주하는 것이 목표였던 우리는 다시 걷기 위해 채비를 했다. 신발 끈을 고쳐

매는 우리를 보며 노인이 고개를 절레절레 흔들었다.

"오르막과 내리막이 계속 되풀이되는데다 이십 리 길인데 걸어서는 힘들지 않겠수? 점점 어두워지는 마당에. 선착장까지 가는 버스가 요 앞에 있으니 그걸 타시구려."

버스라는 말에 우리는 눈이 번쩍 뜨였다. 노인의 말에 따르면 해가 질 때까지 한 시간에 한 번 꼴로 마을버스가 운행된단다. 이곳에서의 마지막 출발시간이 여섯시라니 아직은 버스를 탈 수 있다는 말이다. 다소 기다림이 필요하겠지만 그 시간동안 가게입구에 놓인 평상에 앉아 캔 맥주를 홀짝거리는 것도 괜찮을 듯하다. 40년 지기 벗과 단둘이 바다를 배경으로 한 잔 술을 즐기며 인생을 반추해보는 시간을 또 언제 가질 수 있겠는가. 우리는 버스를 기다리기로 결정했다.

355cc 맥주 두 캔에 새우과자 한 봉지를 집어 들었다. 잠시 생각에 잠겨있던 노인이 구천 원이라는 계산을 내놓았다. 아무리 세상물정을 잘 모르기로소니 너무 비싼 게 아닌가 하는 생각이 들었다. 의심의 눈초리를 보내자 노인은 계산기를 꼭꼭 눌러가며 자신의 셈 과정을 친절하게 알려주었다. 삼천 원 곱하기 삼은 구천 원. 내가 지갑 꺼내기를 주저하자 노인은 언성을 높였다. 자신의 가게 가격이 그 동네에서 제일 싸다는 것이다. 지레 기가 죽어버린 나는 아무 대꾸도 못한 채 친구가 있는 평상으로 돌아오고 말았다. 가격 이야기를 들은 친구가 핸드폰으로 검색한 결과를 보여주었다. 캔 맥주의 경우 고작해야 하나에 이천 원이 채 안 되는 가격이다. 수요와 공급의 법칙이 철저히 지켜지는 자본주의 세상에 살고 있음이 절실하게 느껴졌다. 우리의 미약한 힘으로 그것을 무너뜨린다는 건 생각조차 할 수 없는 일이니만큼 그냥 수긍하고 받아들일 수밖에.

버스가 도착할 때까지 주린 배와 마른 목을 달래기에는 캔 하나만으로 어림도 없었다. 울며 겨자 먹기로 우린 한 캔씩을 더 주문해 욕구를 충족시켰다. 두 번째 캔이 다 비워질 때쯤 여섯 시가 되었다. 주변으로는 어둠이 완전히 내려앉아 있었다. 가까운 바다 위에서 고깃배들의 불빛이 반짝거렸다. 땀이 식어서인지 몸에서 소름이 돋았다. 한기를 이기려 우리는 자리에서 일어나 제자리걸음을 시작했다.

10여분이 지나도록 버스는 오지 않았다. 우리는 노인에게 다시 한 번 물었다. 분명 마지막 버스가 있는지, 그 시간이 여섯 시인지, 가게 앞이 정류소가 맞는지. 노인은 태연하게 대답했다. 시골이라 버스가 가끔 제시간을 지키지 않는 경우가 있지만 자신의 말만큼은 틀림없다는 것이었다. 다시 기다림의 시간이 흘러갔다. 6시 반이 되어도 버스의 흔적은 보이지 않았다.

그때 가게의 불빛이 꺼졌다. 문을 닫을 시간인가 보다. 그나마 정류소를 비추던 단 하나의 빛마저 사라지자 바다 쪽에서 들려오던 파도소리가 더욱 크게 느껴졌다. 가게 문이 열리고 노인이 밖으로 나왔다. 우리를 발견한 노인은 아직도 버스가 오지 않았냐며 놀란 토끼 눈을 떴다. 우린 덤덤한 표정을 지었다. 노인은 주머니를 뒤적이더니 친구에게 무언가를 건네주었다. 친구가 그것을 살펴보는 사이 노인의 목소리가 나에게까지 들려왔다.

"우리 집도 민박을 하니까 혹시 버스가 오지 않거든 그리로 전화하시우. 내 싸게 방 드리리다."

친구가 내 의견을 묻는 듯 나를 빤히 쳐다보았다. 선착장까지 가서 숙박을 하나 여기서 숙박을 하나 별 차이가 없겠다는 생각이 들었다. 난 노인을 향해 방값이 얼마냐고 물었다. 노인은 기다렸다는 듯이 대답했다.

"이 동네에서는 우리 집이 제일로 싸지요. 다른 집은 모두 하룻밤에 칠만 원씩 하는데 우리는 육만 원만 받으리다."

또 다시 이 섬에 들어올 때 선착장 주변에서 보았던 간판이 떠올랐다. 거기에는 분명 민박 하루 삼만 원이라고 씌어있었다. 간판이 하나만 있었던 것도 아니다. 난 아무 말 없이 친구의 손을 이끌었다. 어둠이 진하게 깔려있는 도로를 향해 발걸음을 떼어놓았다. 선착장으로 가는 길이라고 노인이 알려주던 그 방향이다. 친구 역시 말없이 걸었다. 뒤에서 노인의 말이 우리를 따라왔다.

"왜, 걸어가시게? 쉽지 않은 길인데……."

머릿속이 한층 복잡해졌다. 마을버스가 정말 있기는 한 건지 의심만 늘어갈 뿐이었다.

군산유감

열차를 타고오던 중에 보았던 눈이 도착해보니 비로 바뀌어있었다. 양조차 미미해 내리는 듯 마는 듯했다. 펄펄 내리는 함박눈을 보면서 동심으로 되돌아가는 여행이 되지 않을까 기대하던 마음은 어느새 사라져버렸다. 요즘 일기예보는 거의 틀리지 않는다. 정오를 기준으로 날씨가 맑아질 거라더니 먼 하늘에서부터 파란빛이 점점 그 세력을 넓혀가는 중이다.

정류소에서 버스를 기다리며 역 안내소에서 가져온 여행 지도를 펼쳤다. 여행지의 정보와 아내의 의견을 참고하며 난 연필로 우리가 이동할 동선을 그곳에다 그려 넣었다. 출발지점인 근대역사박물관까지만 버스로 가면 나머지 모든 지점은 걸어서 이동하기에 충분하다. 집으로 돌아가는 열차편을 타기까지 시간도 넉넉하다. 중간에 카페엘 들러 다리쉼을 하는 것도 가능할 것이다. 군산으로 오기를 잘 한 것 같았다.

거리에 내어걸린 시간여행축제라는 플래카드의 말처럼 우리는 축제를 즐기는 기분으로 근대역사거리를 돌아다녔다. 거리는 그다지 높은 건물들이 보이지 않아 아늑한 느낌을 던져주었다. 차량 통행이 드물어 걷기에도 안성맞춤이었다. 날씨가 개이면서 우산이 치워지자 사진을 찍는 내 손도 한결 편해졌다.

때로는 아내의 손길에 이끌려 다니기도 하고 또 때로는 내가 이끌기도 하면서, 역사박물관이며 미술관과 같은 전시관은 말할 것도 없고 구석진 골목골목에 이르기까지, 우리는 세 시간 여를 도심을 샅샅이 누비며 배회했다. 유명하다는 빵집에 들러서는 긴 줄을 서가며 팥빵이랑 고로케를 사먹었고, 영화에 나왔다는 이유로 유명해진 사진관에서는 명장면들을 오롯이 떠올리며 주인공들이 나눈 대사를 그대로 읊조리기도 했다. 맛집으로 알려진 식당을 찾아 육회비빔밥과 무국으로 주린 배를 채운 것은 물론, 일제강점기 때 지어졌다는 일본식 절에서 수북이 쌓인 은행잎들을 밟으며 가슴속을 노란빛으로 물들이기도 했다. 우연히 발견한 절 뒷마당의 대나무 밭에서, 댓잎 스치는 소리에 귀를 기울이며 참선하는 스님들 흉내도 내보았다. 걷다가 지쳐 다리가 아파오면 호젓한 찻집에 앉아 여유를 만끽하며 뜨거운 차를 호호 불어 마셨다. 지도에만 의존한 채 목적지를 찾아가느라 신호등 없는 차도를 이리저리 건너며 불안해하기도 했다. 지금은 기차가 다니지 않는 옛 철길마을에서 폐선이 된 철길을 따라 아내와 손잡고 걷는 것도 주저하지 않았다. 학창시절의 교복이며 교련복을 대여해주는 상점들이 철길을 따라 늘어서 있는 것을 발견하고는 옛 추억을 곱씹으며 깔깔거리기까지 했다.

웃고 즐기는 사이 하루는 금방 지나갔다. 우리는 다시 역으로 돌아와 열차를 기다렸다. 하루를 돌아보는 내 가슴속으로 아쉬움이 모락모락 피어났다. 즐거웠던 하루가 이렇게 또 지나간다는 것 때문만은 아니었다. 종일토록 시간여행을 즐기는 가운데 여행지 곳곳에서 묻어나던 무언가 약간은 부족하다는 느낌 때문이었다. 곰곰이 생각해보니 그것이 무엇인지 알 것도 같았다. 그러자 그건 곧 안타까움으로 변해갔다.

무엇보다 전시관에 있는 전시물들이 너무 빈약했다. 거기다 군산만의 특징은 어디에도 없었다. 가짓수를 늘리기 위해 어울리지도 않는 것들을 억지스레 갖다 붙여놓은 느낌이 강했다. 도대체 이곳이 군산인지 아니면 다른 곳인지 분간이 안갈 정도로 차별성이라곤 전혀 없었다. 대부분이 군산을 찾는 의미를 무색케 하는 것 투성이었다.

건축양식도 나를 불편하게 만들었다. 일제강점기의 건축물들로 군산이 관광지가 된 건 분명하지만 그렇다고 지금부터 지어지는 건축물들도 꼭 그런 형태여야 할 필요는 없다. 그럼에도 상업적 건물의 형태가 도처에서 일본식으로 지어지고 있었다. 군산이라는 도시의 정체성이 의심스러웠다. 이건 아닌데 하는 생각은 시내를 돌아다니는 내내 계속 이어졌다. 일본의 건축물을 보존하는 목적이 그걸 본받자는 뜻은 아니지 않은가 말이다. 그나마 위안을 받았던 건 일본식 절 마당에 세워진 소녀상이었다. 일본과 소녀라는 두 단어의 대비를 통해 소녀의 아픔을 더욱 강하게 연상시킴으로써 그런 불행한 사태가 재발되어서는 안 된다는 강한 울림을 전해주었기 때문이다.

아내의 손가락이 바다 쪽 해안을 가리켰다. 이미 바다는 어둠에 반쯤 몸을 가리고 있었다. 어둠 속에서 배들의 모습이 어렴풋했다. 난 시대를 거슬러 올라가고 있었다. 신라에게 패한 백제의 유민들이 살아남기 위해 일본으로 떠난 곳이 아마 저 근처일 것이다. 기록에 의하면 상당수의 백제인이 일본에 정착했다고 하니 일본인들의 몸속에 그들의 피가 흐른다는 것은 부정할 수 없는 사실이다. 그로부터 숱한 세월이 흐른 후 우린 그들의 식민지가 되었다. 저 바다를 통해 무차별적으로 쌀을 수탈당하고, 바로 저 바다를 통해서 이 땅의 많은 소녀들이 전쟁터로 끌려가는 수모를 당했다.

기차가 플랫폼으로 미끄러져 들어왔다. 이제 군산을 떠나야 할 시간이다. 하지만 난 오랫동안 일본과 떼려야 뗄 수 없는 관계를 가진 도시 군산을 잊지 못할 것이다. 잊지 못해 다시 찾는 날도 올 것이다. 내가 다시 군산을 찾는 날은 일본으로 인해 아팠던 우리의 기억들이 온전히 치유된 뒤였으면 좋겠다.

다인실 병실의 문제

어머니가 입원한지 나흘째 되는 날이다. 누나네 가족이 병문안을 왔다. 일시에 사람 수가 늘면서 병실이 잠시 왁자해졌다. 그때 별안간 옆 병상의 커튼이 날카로운 소리를 내며 레일을 따라 휙 걷혔다. 병상에 누워있던 사람이 일어나 앉으며 고함을 빽 질렀다.

"좀 조용히 하세요. 머리가 아파 죽겠구만……."

이틀 전에 입원한 40대 후반의 중년 여인이었다. 같은 공간에서 이틀을 함께 보냈음에도 그 사실을 제외하면 우리가 그녀에 대해 아는 바는 없었다. 그럴 것이 그녀의 병상에는 항상 커튼이 드리워져있었다. 병상에 누워있을 때는 물론 잠시 바깥으로 나갈 때조차도. 심지어 그녀에게 병문안을 오는 사람도 없었다. 있는 듯 없는 듯 생활하던 그녀가 갑작스레 고함을 질렀으니 나는 물론 어머니도 놀랄 수밖에 없는 일이다. 하지만 그 원인이 우리들의 큰 목소리에 있다는 것쯤은 금방 눈치를 챌 수 있었다.

　나는 곧 사과를 했다. 동시에 어머니와 이야기를 주고받던 누나며 조카들의 입이 다물어졌다. 일시에 정적이 흘렀다. 그러는 사이 그녀는 내 사과와는 상관없이 리모컨으로 TV를 켰다. 계속 바뀌어가던 방송이 한 채널에서 멈추었다. 화면에서는 젊은 남녀가 다투고 있었다. 말소리가 잘 들리지 않는지 그녀가 볼륨을 키웠다. TV소리가 병실을 가득 채우기 시작했다.

　옆 사람이 피해를 보았다는 걸 알게 된 우리의 목소리는 한껏 낮아졌다. 낮아지다 못해 거의 귓속말 수준이 되자 불편해진 건 어머니였다. 어머니는 우리의 말을 잘 알아듣지 못했다. 연로했던 터에 청각기능이 상당히 떨어져있었을 뿐 아니라 커진 TV 소리가 잡음으로 작용한 탓이다. 대신 어머니의 질문은 잦아졌고 그때마다 목소리가 조금씩 커졌다. 자연히 우린 어머니와의 대화도 줄일 수밖에 없었다. 간호와 병문안의 의미는 퇴색되어갔으며 극도의 조심성은 숫제 우리를 고통스럽게까지 만들었다.

　시간이 지나면서 어머니가 불평을 토로했다. 낯선 병실에서 밤새 토막잠을 잔 때문에 낮잠으로 부족한 잠을 보충하려해도 TV소리 때문에 잠을 제대로 자지 못하겠다는 것이었다. TV 소리를 줄이면 어떻겠냐고 몇 번이고 이야기를 하고 싶었지만, 그동안 우리로 인해 겪었을 그녀의 불편이 떠올라 차마 그 소리가 내 입에서 나오질 않았다. 우리 사이에서는 병실을 1인실로 옮기자는 이야기까지 나왔다. 그러나 여유병실이 없었다. 견디는 것 이외에 다른 방법이 보이지 않았다. 불편함은 스트레스가 되어갔다. 병실 내의 모든 사람이 그랬을 것이다. 옆 병상의 환자는 우리로 인해, 어머니는 그녀가 틀어놓은 TV로 인해, 우리는 또 우리 나름대로 그녀의 눈치를 보느라 속앓이를 하면서. 만병의 근원이 스트레스라는데 병원이 병을 만드는 꼴이다.

오늘의 이런 상황은 어느 병원에서나 흔히 일어날 수 있는 일이다. 그렇다면 왜 이런 일이 벌어지는 것일까? 그건 아마도 대부분의 병원이 병실을 배정할 때 환자들의 의견은 일절 배제한 채 자신들의 편의성만을 고려하기 때문일 것이다. 병원과 환자 사이의 불평등관계에서 비롯되는 문제라는 말이다. 엄연히 비용을 지불하는 고객임에도 불구하고 병실을 결정함에 있어 환자 측에서 선택할 수 있는 것은 기껏해야 몇 인실을 사용할 것인가 뿐이다. 사실 정확히 말하자면 그것도 비용에 따른 등급의 개념이지 선택이라고 말하기는 어렵다. 뿐만 아니라 병실에 여유가 있을 때에만 가능한 일이기도 하다. 엇비슷한 비용을 지불하는 병실 간에 환자가 선택할 수 있는 권리라고는 조금도 없으며 이를 선택하는 것은 온전히 병원의 몫이다. 이쯤 되면 세상에 갑질도 이런 갑질이 없다. 그럼에도 목숨이 담보되어 있다는 이유만으로 환자들은 이 모든 것을 감수해야만 한다. 물론 병원이라고 할 말이 없지는 않을 것이다. 환자에 비해 병실이 턱없이 부족한 걸 어떡하느냐 푸념할지도 모르겠다. 그런 점을 이해 못하는 바는 아니지만 이건 심해도 너무 심하다.

병실의 문제는 그것이 전부가 아니다. 다인 병실에 보통 TV라고는 오직 한 대다. 그런 까닭에 다른 사람이 드라마를 보고 있는데 뉴스를 보자면서 채널을 함부로 돌릴 수도 없는 일이고 TV소리가 거슬린다고 꺼버릴 수도 없는 노릇이다. 이런 점은 알게 모르게 신체적 정신적 휴식이 필요한 환자들에게 역효과를 일으킨다. 환자들의 성향 또한 다 제각각이다. 어떤 사람은 조용한 분위기에서 병으로부터의 회복이 빠른가하면, 또 어떤 사람은 가족들과 이야기를 나누고 웃고 떠들면서 쉬 병을 이겨내기도 한다. 그러나 그들의 희망과는 무관하게 이들이 다 같이 한 병실에 있는 경우는 허다하다. 그런 의미에서 심하게 말하자면 한 환자가 병을 이겨낼 때 다른 환자는 병을 쌓아간다고도 말할 수 있다. 이런 것들이 해결되지 않는 한 환자들의 치료기간은 줄어들기는커녕 오히려 더 늘어날 지도 모른다.

해결책은 간단하다. 고작해야 진료과목이나 성별에 따라서만 병실을 나누는 현재의 병실 배정조건을 다변화하면 된다. 지금의 방식만으로 현대인간의 다양성을 충족시키려는 것은 기적이 일어나기를 바라는 것이나 마찬가지다. 이를 위해 환자의 연령이나 직업들을 배정기준에 포함할 수도 있고, 병간호나 병문안을 오는 가족들의 수 역시 기준에 추가할 수 있다. 환자들의 성격적 특성에 따라 어울리는 사람들끼리 병실을 사용하게 하는 방법도 있다. 이처럼 여러 가지 옵션들을 다양화한 후 환자나 그 가족들로 하여금 선택할 수 있도록 한다면 좋은 대안이 될 것이다. 예를 들면 조용한 병실을 원하는 사람에게는 그런 병실을 제공하는 대신 간호를 하는 사람과 병문안을 오는 사람의 수를 제한함으로서, 누리는 권리만큼 타인에 대한 책임을 지도록 하는 방법이 있을 수 있다.

지금도 병문안을 온 가족으로 피해를 입는 다른 환자들을 보호하기 위해 면회시간이나 병간호 인원을 제한하는 병원이 있기는 하다. 일부 병원에서는 가족과의 만남조차 특별한 공간으로 한정하기까지도 한다. 그러나 그러한 것이 환자의 선택이 아닌 병원의 편의에 의해 결정되어서는 안 된다. 환자에 따라서는 가족과의 만남을 제한하는 것이 오히려 더 큰 부작용을 낳을 수도 있다. 권리와 책임이 균형을 이루어야하는 것 또한 여러 사람이 함께 생활하는 공간에서는 매우 중요한 일이다.

물론 우리나라 병원이 처한 작금의 현실을 모르는 바 아니다. 병원에 따라 병실의 한계가 분명히 있는 만큼 옵션을 무한정 늘릴 수야 없을 것이다. 따라서 그 모든 문제를 일시에 다 해결하자는 것이 아니다. 당장은 허용하는 범위

내에서만이라도 병실을 배정하는 기준을 최대한 늘려보자는 이야기다. 그러다보면 간단히 병실의 구조만 일부 변경함으로써 해결되는 경우도 있을 것이다. TV와 같은 장치들 일체가 없는 병실이 생겨날 수도 있고 고전음악을 들을 수 있는 병실이 생길 수도 있다. 더 특수한 구조의 병실이 요구될 수도 있지만 그런 문제는 또 차츰차츰 해결해나가면 된다. 그렇게 하나씩 문제를 해결하다보면 보다 어려운 문제 역시 장기적인 관점에서 서서히 해결되어질 것이 확실하다. 어쨌거나 환자나 그 가족들이 병실을 선택할 수 있는 경우의 수가 많으면 많을수록 만족도는 높아질 것이다. 조금만 더 연구를 한다면 그보다 더 훌륭한 방법들도 얼마든지 생길 것이라 나는 믿는다.

한참동안 TV 시청을 하던 그녀가 TV의 전원을 껐다. 리모컨을 한쪽 옆에 놓아둔 그녀는 병실을 빠져나갔다. 환자복만 입었을 뿐 아무 것도 거추장스럽게 붙어있지 않아 몸놀림이 한결 자유로워보였다. 그녀의 모습이 보이지 않고서야 우리 가족들은 경직된 분위기에서 풀려나 자유로이 이야기를 할 수 있었다.

한양도성길

사십 년 지기 벗과 함께 한양도성길을 순례하기로 했다. 산을 좋아하는 그와 난 은퇴한 뒤로 줄곧 한 달에 한 번 정도 만나 산행을 하곤 했다. 이번 달 산행의 목적지로 그곳을 택한 것은 순전히 계절과 나이를 감안한 결과였다. 마음이야 태산준령을 못 넘을까마는 이미 우리는 황혼으로 치닫는 중이었고, 날씨마저 겨울이 점점 깊어 기온이 뚝 떨어진 상태였던 것이다. 호기를 부리다 만에 하나 산길에서 미끄러지기라도 한다면 자칫 치명적인 사고로 이어질 개연성이 크다. 아무래도 이번 달은 걸러야겠다고 둘이서 입을 모았지만 하루 이틀 시간이 지나면서 우린 또 발병이 났다. 그런 차에 생각난 곳이 한양도성길이었다. 20킬로미터에 가까운 그 길을 몇 년 전 나는 혼자서 걸었던 적이 있다. 낮은 산과 도심의 풍경이 잘 어우러진 그 길은 그다지 위험할 것이 없었고 힘이 들지도 않았으며, 중간 중간의 성벽이 운치까지 더해주던 기억이 새로웠다. 연락을 하기가 무섭게 울산에 사는 그 친구 역시 모처럼 서울나들이를 하게 해주어 고맙다며 쌍수를 들어 환영하고 나섰다.

제대로 순례길을 돌자면 인왕산부터 시작하는 것이 맞지만 우리는 북악산부터 오르기로 했다. 인왕을 오르는 일이 코스 중에서는 제일 힘든데다가, 친구가 KTX를 탄다고는 했지만 울산에서 서울이라는 게 만만찮은 거리였기에 길지 않은 겨울의 하루해 안에 종주를 할 수 있을까 의심스러웠던 까닭이다. 혹시라도 시간이 남는다면 제일 마지막 여정으로 삼겠다며 우리는 인왕을 그렇게 여분으로 남겨두었다.

점심 무렵이 다되어서 경복궁역에서 만난 우리는 창의문으로 향했다. 그날따라 유달리 날씨가 사나웠다. 주택가를 따라 경사진 길을 웬만큼 걷자 오른쪽 계단 위로 안내소가 보였다. 북악산코스의 경우 신분증을 제시해야만 입산이 허가된다는 사실이 기억난 것은 그때였다. 신분증이야 으레 가지고 다니는 것이려니 하며 아무렇지도 않은 듯 나는 그 사실을 친구에게 알렸다. 순간 친구는 아차 하는 표정을 지으며 가던 길을 멈추어 섰다. 이어진 그의 대답은 의외였다. 지갑을 집에 두고 왔단다. 하도 잘 잃어버리는 통에 최근 들어서는 교통카드를 겸할 수 있는 신용카드만 달랑 한 장 가지고 다닌다는 게 그 이유였다. 낭패였다. 그러나 희망은 있어 보였다. 잠시 여기저기를 찾아보던 친구가 휴대폰에서 사진으로 찍어둔 여권을 찾아낸 것이다. 우리는 걱정 반 기대 반의 심정으로 안내소에서 탐방신청서를 작성했다.

신청서를 살펴보던 안내원이 신분증 제출을 요구했다. 내가 사정을 이야기했다. 더러 그런 경우가 많았던지 기껏해야 30대 초반으로 보이는 젊은 그는 손가락으로 별도의 안내문이 적힌 곳을 가리키며 단호하게 거절의 몸짓을 보였다. 그곳에는 신분증이 없는 한 출입이 금지되며 주민등록등본이나 가족관계증명서와 같은 자료들이 신분증을 대신할 수 없다고 적혀있었다. 난 한양도 성길의 4개구간 중 왜 이 구간만 신분증이 필요한지를 물어보았다. 그는 약간의 군사시설이 있기 때문이라고 대답했다. 청와대와 가까운 산이었기에 그 경비를 위한 군사시설일 것이다.

친구는 폰을 꺼내 그곳에 저장되어있던 자신의 여권 복사본을 보여주었다. 원본은 아니어도 사진이며 개인정보들이 아주 또렷한 게 한 사람의 신원을 확인하기에는 충분해보였지만 그것도 도움이 되지 않았다. 이 산을 가기 위해 울산에서 여기까지 왔노라 읍소하는 전략마저도 무위였다. 오히려 그는 캐나다에서 온 사람도 그냥 돌려보냈다며 무용담을 늘어놓기까지 했다. 정 신원이 의심스러우면 주민번호를 알려줄 테니 전산상으로 신원을 확인해보라면서, 무조건 안 된다고만 하지 말고 출입을 할 수 있는 방법을 알려달라고도 해보았다. 그의 대답은 한결같았다. 신원을 확인하는 시스템은 거기 설치되어 있지도 않거니와 신분증이 없는 한 입산할 수 있는 방법은 없으니 그냥 돌아가는 것이 최상이라는 말만 되풀이했다. 말문이 막혀하는 우리 앞에서 그는 숫제 가소롭다는 듯이 실실 웃기까지 했다.

할 수 없이 우리는 인왕과 함께 북악도 포기하고 혜화문에서 출발하는 낙산 코스부터 순례를 시작하기로 하면서 다시 경복궁 역 쪽으로 발걸음을 되돌렸다. 길을 내려오는데 청운동 주민센터의 팻말이 보였다. 문득 작년 연말 전직 대통령의 하야를 외치며 촛불시위를 하던 모습들이 떠올랐다. 시위 때마다 시민들의 최종집결지가 바로 그 주민센터였던 것이다. 결국 촛불의 힘으로 정권은 바뀌었다. 그 때문인지 새 대통령은 시민들과 가까워지려는 노력을 아낌없이 보여주었다. 청와대 가까이까지 도로가 개방되고 대통령집무실을 정부청사로 옮기겠다고 공언하는가 하면 경호원들의 걱정을 물리치면서까지 행사

때마다 국민들 속으로 그는 파고들었다.

대통령의 그런 모습이 연상되자 청와대 뒷산이라고 해서 신분증이 없다고 입산을 거부당한 조금 전의 사태가 더더욱 아쉬웠다. 물론 신분증을 소지하지 않은 우리가 백번 잘못이다. 원칙을 지키지 않은 사람에게 입산을 불허하는 것 또한 그들로서의 당연한 의무다. 다만 여태껏 그래왔으니 그럴 수밖에 없다는 복지부동의 공무원을 만난 것 같아 쓸쓸했을 따름이다. 우리 말고도 그 이전에 신분증 미소지로 입산하지 못한 사람들은 많았을 것이며 그런 사람들의 불만은 그 공무원에게 충분히 전달되고도 남았음직하다. 그렇다면 그들은 다른 산들처럼 신원을 확인하지 않아도 입산을 허용할 수 있는 방법에 대해 고민해보았을까? 꼭 신분증이 아니어도 신원을 확인 할 수 있는 방법들에 대해서는? 보안이 문제라면 소지품을 검사하는 방법도 있을 것이고, 신원확인이 문제라면 전산시스템을 구축하는 방법도 있을 것이다. 예산의 문제가 대두될지도 모른다. 문제는 과연 시도는 해 보았는가 하는 점이다.

공무원을 공복이라고 한다. 국민들의 세금으로 월급을 받는 사람들이니 그들의 종이라는 말이다. 종의 임무라는 게 정해놓은 규칙만 지키는 것이 다는 아닐 것이다. 잘못된 규칙을 적극적으로 바꾸는 것 또한 그들이 해야 할 일이다. 자신의 역할을 충실히 수행하는 공무원을 내가 좀체 만나기 힘들었던 것도 그런 차원에서의 문제다. 내 눈높이가 너무 높은 것일까? 낮은 자세로 국민에게 다가서려는 대통령의 참뜻이 하위직 공무원들로 인해 그 빛이 바래지지 않았으면 하는 생각이 저절로 들었다.

문을 닫지 마세요

　어쩌다 동네에서 좀 멀리 떨어진 도서관을 방문한 날이었다. 2층에 있는 화장실을 찾았을 때다. 화장실의 출입문 손잡이에 조그만 띠종이 하나가 붙어있는 것을 발견했다. 거기에는 '문을 닫지 마세요.'라고 적혀 있었다. 순간 나는 1년쯤 전에도 그것이 붙어있었다는 것을 기억해냈다. 그때도 오늘처럼 인근에 볼 일이 있어 왔다가 도서관을 들렀을 것이었다. 어제 일도 제대로 떠올리지 못하는 것이 요즘의 내 기억력이지만 1년이라는 시간의 경과에도 내가 그것을 기억한 것은 바로 그 평범하지 않은 메모의 내용 때문이었다. 타인에게 감추고만 싶은 공간이 화장실이거늘, 더군다나 남녀 화장실이 서로 마주 보고 있는 마당에 문을 꼭 닫읍시다가 아닌 문을 닫지 마세요라니.

　아무 생각 없이 지나쳤던 그때와는 달리 오늘은 이상하게 자꾸 궁금증이 일었다. 맞은편의 여자 화장실로 눈길을 옮겼다. 남자화장실과 달리 그곳에는 어떤 메모도 붙어있지 않았다. 왜 문을 닫지 말라는 것일까? 의문을 가지면서도 무슨 사정이 있으려니 하며 나는 문을 열어보았다. 문은 활짝 열어야만 열린 상태를 유지할 수 있었다. 볼일이 마쳐진 후 화장실을 벗어나면서 뒤를 돌아보았다. 열린 문 사이로 소변기가 훤히 드러났다. 조금 전 소변기를 사용하고 있던 나의 뒤태를 여자화장실을 이용하는 사람들이 보았을 거란 생각이 들자 얼굴이 화끈 달아올랐다. 난 되돌아가 화장실의 출입문을 도로 닫아버렸다.

아무리 생각해도 메모의 의미가 해석되지 않은 나는 아래층의 화장실에서 그 해답을 찾아보려했다. 1층 역시 똑같은 자리에 똑같은 구조로 화장실이 위치해있었다. 띠종이 또한 같은 자리에 붙어있었다. 대신 그 내용은 정반대였다. '문을 닫아주세요.' 그걸 보는 순간에서야 악취나 환기의 문제 때문일 거라는 생각이 강하게 들었다. 하지만 의구심은 수그러들지 않았다. 동일한 메모가 1년 전에도 붙어있었기 때문이다. 그렇다면 1년 전의 문제를 아직껏 근본적으로 해결하지 않은 채 미봉책으로 계속 땜질만 해왔다는 말인가. 이상한 것은 그뿐이 아니었다. 문을 닫지 말라는 2층의 화장실 문은 닫혀있었던 반면 문을 닫아달라는 1층의 화장실 문은 열려있었던 것이다.

마침 도서관의 관리자 한 명이 복도를 지나쳐갔다. 난 그를 붙잡아 서로 다른 메모의 연유를 물었다. 내 예상은 크게 빗나가지 않았다. 구조적인 문제로 2층의 화장실은 문을 열어두지 않으면 악취가 심하다는 게 그의 답변이었다. 1년 전에도 그러지 않았냐는 말은 차마 할 수가 없었다. 실망스러운 답이 돌아올 것이 너무도 뻔해 괜히 그것을 확인하는 수고까지 할 필요는 없다는 생각에서였다.

몇 년 전 치과치료를 받던 장면이 연상되었다. 의사는 내 치아상태를 살피더니 풍치를 앓는 어금니를 발치한 후 이빨을 하나 새로 만들어 넣어야한다고 말했다. 달리 뚜렷한 방법이 없었기에 나는 그의 권유를 그대로 따랐다. 인접한 양옆 치아에 고리를 만들어 거는 방식으로 새 어금니 하나가 만들어 심어졌다. 꽤 오랜 시간과 비용이 들었던 일로서 실로 나에게는 엄청난 일이었다.

며칠이 경과하면서 씹는 문제가 해결되었으리라는 내 기대와는 달리 새로 해 넣은 어금니가 자꾸 아파왔다. 다시 그 병원을 찾았다. 그때 의사는 이렇게 말했다. '아프면 그쪽으로는 음식을 씹지 마세요.' 아니 음식을 제대로 먹기 위해서 새로 한 이빨이 아닌가. 황당하기 짝이 없었다. 그로부터 몇 달을 나는 계속 어금니로 고생을 해야 했고 마침내는 다른 치과에 가서 새로 심었던 이빨을 다시 뽑아내고야 말았다. 부가적으로 일부 가공해야했던 인접한 치아까지도 적절한 조치가 취해졌다. 그 여파로 의사에 대한 불신이 극에 달한 나머지 나는 현재까지도 어금니 하나가 없는 상태로 살고 있는 중이다.

이빨이 아프면 그곳으로 씹지 말라는 말이나 악취가 나면 문을 열어 해결하겠다는 발상은 하나도 다를 바가 없었다. 물론 치과의사와는 달리 도서관 근무자들이 문제의 근본적인 해결을 시도해보았는지는 알 수 없는 일이다. 그러나 눈을 씻고 봐도 그들이 노력한 흔적은 발견할 수가 없었다. 문을 열어서 문제가 해결될 정도라면 그와 같은 효과를 낼 수 있는 방법은 얼마든지 많았다. 화장실 내부에 환풍기를 추가로 단다든지, 아니면 바깥에서는 안의 모습을 볼 수 없으면서도 공기의 흐름만은 일어날 수 있도록 출입문을 개조하는 방법 등은 나 같은 문외한조차도 쉽게 찾아낼 수 있기 때문이다. 오히려 출입문을 떼어내지 않은 것만도 감사해야 하는 일일까?

하루 종일 그 도서관에 머물면서 난 몇 차례나 1층과 2층의 화장실을 왔다갔다 해보았다. 그럴 때마다 변함없이 닫아달라는 1층 화장실의 문은 열려있었고, 열어달라는 2층 화장실의 문은 닫혀있었다. 난 그것이 결코 우연이 아니라는 생각이 들었다. 그건 다름 아닌 도서관 이용자들의 무언의 항의였다.

제5부
혼자만의 깨달음

마음의 병

속병이 난 게 벌써 열흘이 넘었다. 시간이 지나면 나으려니 하던 게 그렇게 많은 시간이 흘러버렸다. 잠자리에서 일어나면서 뱃속의 이물감부터 느껴보려 신경을 곤두세웠다. 명치끝을 무겁게 억누르던 압박감이 조금은 덜한 것도 같다. 나아진 건가 생각하며 조심스레 몸을 일으켰다. 일어난 후에도 내 주의력은 계속 명치끝에 집중되었다. 확실히 어제와는 다른 느낌이다. 답답함이 완전히 사라진 것은 아니어도 최소한 덩어리의 크기는 상당히 줄어있는 게 틀림없다.

거실로 나와 소파에 털썩 주저앉았다. 그때였다. 또 다시 기분 나쁜 압박감이 가슴과 배의 경계부분을 눌러오기 시작했다. 며칠 동안 느껴왔던 똑같은 증상이다. 통증이라 표현하기에는 어울리지 않는 야릇한 불쾌감. 손으로 그 언저리를 쓰다듬는데 갑자기 불길한 예감이 내 전신을 덮쳐왔다.

큰 병인지도 모른다. 아무리 위장이 좋지 않은 나라고 해도 같은 증상이 이렇게 오랜 시간 이어질 리는 없다. 복부의 불편함이야 어제 오늘만의 일은 아니지만 소화제를 사먹으며 달리기나 걷기를 좀 오래 하다보면 금방 정상상태로 돌아오곤 하지 않았던가. 물론 그때와 증상이 약간 다르기는 하다. 속 쓰림이나 복부팽만감이 동반되는 것이 아니라 오직 좁은 통로를 커다란 장애물이 가로막고 있는 듯한 이물감만 가득 느껴지고 있으니.

핸드폰으로 검색을 시도했다. 비슷한 증상을 호소하는 사람들이 꽤 보였다. 그들의 질문에는 꼬박꼬박 답변도 달려 있었다. 댓글을 단 사람들이 대부분 의사라는 점은 신뢰감을 안겨주기에 충분했다. 차근차근 그 글들을 읽어 내려갔다. 한결같이 원인으로 위염 내지는 위궤양을 의심하고 있었다. 문제는 그들의 답변에 꼭 따라붙어 다니는 꼬리말이었다. '보다 확실한 진단을 위해서는 병이 더욱 커지기 전에 빨리 의사와 직접 상담하는 것이 현명합니다.' 어쩌면 단순하고도 당연한 말이지만 생각을 달리해보면 그 이상 훨씬 더 큰 병일 수도 있다는 말이다. 점점 비관적인 생각이 들기 시작했다. 상상은 시간이 지날수록 그 규모가 기하급수적으로 늘어나는 법이다. 그때부터 나는 이승과 저승 사이를 몇 번이나 오락가락했다.

장의 운동이 더욱 촉발되어 소화력이 향상되기를 기대하며 달리기를 시작했다. 숨이 조금씩 가빠왔다. 그러나 뱃속을 가로막고 있는 이물감은 조금도 변화가 없었다. 오히려 더 답답해지는 것만 같다. 아무래도 예사롭지 않았다. 병을 키운다는 말도 있지 않은가. 간단히 해결할 수 있는 병을, 내 병을 확인해야한다는 두려움 때문에, 확인하는 것 자체를 마다하고 있는 내가 바로 그렇게 병을 키워가고 있는 것은 아닐까? 반환점을 돌 때쯤 오늘만큼은 무슨 일이 있어도 병원에 가야겠다는 다짐을 했다. 큰 병이라도 일찍 확인하면 낫게 할 수 있지만, 회피하다보면 치료가 불가능한 수준에까지 치달을 수도 있다. 어차피 나에게 닥쳐온 일이라면 정면으로 부딪치는 것이 오히려 극복하고 이겨낼 수 있는 길이다. 필요하다면 내시경까지 해서라도 정확한 원인을 알아내고 거기에 맞는 대처를 하리라. 마침 아침식사 전이라 마음만 먹는다면 내시경도 할 수 있는 상태였다.

　병원은 평소와 달리 한산했다. 전광판에 새겨진 대기자의 수로 미루어볼 때 진료받기까지 그리 많은 시간이 필요할 것 같지도 않다. 진료신청을 하자 간호사는 한쪽 옆에 설치된 자동혈압계를 가리키며 혈압을 먼저 측정하고 오라고 했다. 순간 아찔했다. 혈압에 대한 트라우마 때문이다. 평소 집에서 측정하면 정상상태를 보이던 내 혈압은 병원에만 오면 그 수치가 엄청나게 올라 중증 고혈압환자의 수치에 육박하곤 했다. 그걸 알게 된 이후로 그 현상은 더욱 두드러졌다. 혈압이 높게 나오지나 않을까하는 걱정이 나를 더욱 긴장시켰고 그것이 점점 더 높은 수치로 나타나곤 했던 것이다. 아무리 마인드컨트롤을 하려해도 잘 되지 않았다. 그런데 그걸 또 하라고 간호사가 말을 하고 있는 것이 아닌가.

　긴장하지 않으려 심호흡을 몇 번했다. 혈압계 속으로 팔을 쑥 집어넣자 뚜뚜뚜 공기가 채워지는 소리가 들렸다. 나는 고개를 돌려 주의력을 분산시킴으로써 혈압을 측정하고 있다는 현실을 망각하려 노력했다. 잠시 후 채워졌던 공기들이 빠져나가는 게 팔에서 느껴졌다. 고개를 돌렸더니 게기판 위에는 내 혈압이 숫자로 기록되어 있었다. 다행히 수치는 정상이다. 아니 오히려 정상보다 조금 아래의 수치다. 안도하는 마음과 함께 기록지를 뽑아 간호사에게 전해주었더니 그걸 확인한 그녀는 진료실 안으로 들어가라고 손짓했다.

　의사는 내가 말하는 증상들을 꼼꼼하게 기록하더니 간단하게 얘기했다. 예상한 대로였다.

"내시경을 해보는 게 좋을 것 같습니다. 아침식사 하셨나요?"

진료실 밖으로 나오자 간호사가 다음 절차를 설명해주었다. 받아야 할 검사는 내시경이외에 복부엑스레이와 심전도 검사도 포함되어있었다. 검사항목이 늘어난 것은 오히려 나를 더 안심시켰다. 늘어난 항목만큼 진단은 더 정확할 테니까.

모든 검사가 끝이 나고 다시 진료실을 찾았다. 의사는 진단결과를 명쾌하게 설명했다.

"검사결과 위에 약간의 염증이 있는 것이 발견되었습니다. 하지만 그걸 병으로 볼 수는 없습니다. 누구나 그 정도의 염증은 있으니까요. 엑스레이도 심전도도 다 문제없습니다. 다시 말해 아무런 이상이 없다고 보셔도 무방합니다. 걱정 않으셔도 될 것 같은데요."

이상이 없다니 기쁘기는 하지만 의문은 사라지지 않았다. 정상인데 왜 나에게 이런 증상들이 생겨나는 것일까? 의사는 내가 묻기도 전에 질문을 예견이라도 한 것처럼 말을 이었다.

"때때로 신경을 많이 쓰다보면 별 이상이 없어도 이런 증세가 나타나는 경우가 있습니다. 아마도 선생님 같은 경우가 그럴 것 같은데 무슨 일을 하시는지는 모르지만 최근에 심한 스트레스를 겪지는 않았는지요? 이런 경우 며칠 쉬면서 마음을 편안히 가지면 나을 수가 있습니다."

문제가 없다는 진단결과를 내놓은 의사와 더 이상 나눌 대화는 없었다. 고맙다는 인사를 하며 밖으로 나왔다.

기다리고 있던 아내가 물었다.

"뭐래요?"

"글쎄 아무 병도 아니라고 하네. 그냥 스트레스성이라고."

"그럴 줄 알았어요. 최근 당신 번역일 때문에 며칠을 계속 책과 시름하지 않았어요? 병이 아니라니 정말 다행이네."

아내와 함께 병원 문을 나섰다. 갑자기 배가 고팠다. 이미 점심시간은 지나 있었다. 아내에게 주변에서 적당히 점심을 한 그릇 먹고 가자며 팔을 끌었다. 아내가 앞에 보이는 추어탕 집을 가리켰다.

"저 집 추어탕이 맛있어요."

내 명치를 가로지르며 꽉 막혀있던 이물감은 어느새 사라져있었다.

까르페디엠

요즘 들어 좀체 마음의 여유라는 것을 찾지 못한다. 이것저것 일을 많이 벌려 놓은 탓이다. 만학의 꿈을 버리지 못해 한 디지털 대학교 문예창작과에 편입하여 공부를 시작했고, 출판사와 계약을 해 다소 힘에 부치는 번역을 벌써 두 권째 하고 있으며, 지난여름 아내와 다녀왔던 베트남 여행의 기행문을 책으로 내보자며 책 편집 또한 열심히 진행하고 있다. 특히나 앞의 두 가지는 일정이 빤히 정해진 일이어서 시간을 놓칠 수 없는 일이라 나름 하루의 양을 정해 놓고 의무적으로 하고 있는 처지다.

그런 나에게 아내와 딸이 아침부터 유혹을 해왔다. 영화도 보고 쇼핑몰로 구경도 가자는 것이다. 여느 때 같았으면 내가 먼저 그런 제안을 하며 그들의 손을 잡아끌었을 테지만, 오늘은 도저히 한가하게 영화를 볼 입장이 못 된다. 연휴랍시고 며칠 여유를 부렸더니 그 동안 밀린 일이 한두 가지가 아니다. 번역

원고는 마감이 당장 다가와 있고, 이번 주에 수강해야 할 강의도 전혀 듣지 못한 상태다. 난 손사래를 치며 그들을 떠나보냈다.

아무도 없는 텅 빈 집안. 번역원고부터 펼쳐들었다. 산만해지려는 의식을 부여잡고 집중하려 애를 썼다. 엉덩이에서는 좀이 쑤셔왔다. 오늘 마쳐야하는 곳까지는 무슨 일이 있어도 해내야 한다며 난 참을성을 발휘했다. 싫증과 고통이 반복되며 찾아왔지만 억지로 버텼다. 시간이 꽤 지나고 제법 많은 양이 마쳐진 느낌이 들었다. 페이지 수를 따져보니 마쳐 보리라던 곳까지는 도달하지 못했지만 이럭저럭 마감에는 맞출 수 있을 것 같다. 잠깐 한숨을 돌린 후 다시 학교 사이트에 접속을 했다. 이번엔 밀린 강의를 수강해야 할 차례다. 강의는 나의 능력과는 상관없이 무조건 일정한 시간이 지나야 끝나는 일이다. 상당한 의지력이 필요할 수밖에 없다. 그럼에도 불구하고 난 세 시간의 강의를 소화해냈다. 쉬는 시간이 부족했던 탓에 들었던 강의 내용이 아련하게 흩어지며 정리가 잘 되지 않았다. 단지 수강을 했다는 것으로만 위로를 삼을 뿐이다. 고개를 들어보니 시간은 어느새 저녁으로 치닫고 있었다.

힘든 시간을 보낸 나는 거실로 나와 TV의 전원버튼을 눌렀다. 틈틈이 쉬는 시간이면 즐겨보던 드라마가 생각난 탓이다. 드라마라는 게 매일 일정한 시간에 시작하고 끝을 맺는 것이지만, 그렇다고 청승맞게 드라마를 보기 위해 시간에 맞춰 TV 앞을 찾아 앉는 나는 아니다. 세상이 워낙 좋아져 요즘 TV방송 중엔 인터넷을 이용한 IPTV라는 게 있는데 거기서는 드라마 다시보기라는 기능을 통해 언제든 원하는 드라마를 다시 볼 수 있다. 우리 집 역시 그 중 한 통신사의 것을 이용하고 있었기에 난 시간이 날 때마다 원하는 드라마를 조금씩 이어서 시청하곤 했다.

요즘 새로 보기 시작한 드라마가 생겼다. TV는 친절하게도 내가 첫 회를 보다가 중도에서 그만 두었다고 알려주었다. 이어보기를 시도했다. 드라마가 시작되고 제법 시간이 흐른 후다. 화면에 한 카페의 모습이 나타났다. 카페의 이름이 남달랐다. '까르페디엠.' 생소하지만 무언가 의미가 있을 듯해 그 뜻을 찾아보았다. 의미는 쉽게 밝혀졌다. 삶을 즐겨라, 현재를 즐겨라, 뭐 그런 뜻이다.

의미가 파악되자 무슨 계시처럼 그 말은 내게로 달려들었다. 어쩌면 지금의 나에게 꼭 필요한 말이었기 때문인지도 모르겠다. 얼마 전 퇴직을 한 나는 이제야말로 내가 하고 싶은 일을 하면서 인생을 즐길 수 있겠구나 생각했다. 그런데 시간이 지나면서 현실은 예상과 전혀 다르게 움직였다. 속박의 굴레가 또다시 덮쳐온 것이다. 직장생활할 때의 틀에 박힌 일상이 모습을 하나도 바꾸지 않은 채 그대로 찾아왔다. 물론 상황이 나를 그런 식으로 옭아맨 점이 없지는 않다. 그러나 일의 우선순위를 구분하지 못하고 생활과 시간을 적절히 통제하지 못한 건 내 잘못임이 명백하다. 난 그렇게 똑같은 일과를 답습해가며 쫓기는 삶을 되풀이하는 중이었다.

여유 있는 삶이 되기 위해서는 일을 하지 말아야 하는 것도 아니고 시간을 깡그리 무시해야하는 것도 아니다. 일하는 시간과 휴식시간을 적절히 나누고, 각각의 시간을 목적에 맞게끔 즐기며 사용한다면 그건 충분히 가능한 일이다. 다만 내 생활이 그것과 거리가 멀었을 따름이다. 일과 휴식, 양자 간의 구별을 명확히 하지 못하고, 머릿속으로 지켜야 하는 시간들만 주워 담기에 바빴던 것이다. 그동안 쉴 때조차도 마음껏 쉬지 못하고 원고마감시간과 강의시간만을 생각하며 살았으니, 허덕이는 삶이 안 되었다면 그게 오히려 이상할 지경이다. 모든 시간이 힘들고. 여유를 누리려는 생각이 사치처럼 생각된 건 너무도 당연하다.

그걸 깨닫게 되자 해결책이 뚜렷하게 내 시야에 잡혀왔다. 복잡하게 생각지 말고 당면한 순간의 삶에 최선을 다한다면, 그게 바로 바람직한 삶으로 가는 열쇠였던 것이다. 그건 불가능한 일이 절대 아니며 생각하기에 따라서는 지극히 간단하고 단순한 일일 수도 있었다. 그렇게 한 번 살아보자. 휴식을 할 때면 그저 휴식에 나 자신을 온전히 맡겨버리고, 의무적으로 무언가를 해야 할 때면 마지못해 하는 것이 아니라 즐거운 마음으로 해보는 거다. 만약 해야 하는 일이 힘들다면 억지로 한다는 생각에 앞서 목표를 이루고 난 이후의 성취감을 먼저 떠올리도록 하자. 번역을 할 때는 서점에 줄지어 꽂힌 나의 책들을 상상하고, 학교 강의를 들을 때면 문단에 등단한 미래의 나를 그리면 되지 않겠는가. 그럴 수만 있다면 내가 보내는 시간들은 더욱 뜻있게 될 것이고 내 결과물들은 더욱 알차게 될 것이 분명하다.

갑자기 의욕이 힘차게 불타올랐다. 힘들게 하루를 보내다 잠깐 보게 된 드라마에서 새 삶을 발견한 듯한 기분이다. 까르페디엠. TV화면에서는 그 다섯 글자가 더욱 커지고 있었다.

200-200-200 클럽

터키라는 낯선 나라에서 가족과 동떨어져 혼자 근무할 때였다. 약 2개월이 지날 무렵부터 불면증과 함께 향수병이 찾아왔다. 외로움을 견딜 수 없게 된 것이다. 외로움이라는 단어 자체가 혼자 있음을 의미하는 말이니 휴일이나 퇴근 후에 그 증세가 심했던 건 말할 것도 없다. 그때부터 난 혼자 있을 때면 술을 마시기 시작했다. 술에 취해 잠이라도 들면 외로움을 잊을 수 있었으니까. 술은 점점 중독에 가까워졌고 급기야 우울증까지 겹쳐왔다. 어느새 내 병의 심각함을 스스로 인지하는 수준에까지 이르게 되었다. 위기감마저 느껴졌다.

어딘가에 몰두하고 싶었다. 무엇엔가 빠져들면 혼자라는 생각을 잊어버리지 않을까하는 생각에서였다. 일기를 써보는 것은 어떨까? 일기란 게 특별한 형식이 있는 것도 아니고 그저 하루의 일과를 생각나는 대로 적기만 하면 되는 것이 아닌가. 그런 생각은 나쁘지 않아보였다. 어려울 것도 없었다. 그때부터 난 매일 저녁이면 노트북을 펼쳐놓고 하루의 넋두리를 풀어놓기 시작했다. 의외로 효과는 컸다. 시간을 보내는 것이 용이해졌을 뿐 아니라 갑갑하고 답답하던 마음이 일기를 통해 해소되어지곤 했다. 글을 쓰는 시간은 점점 늘어났다. 필력이 조금씩 나아진 건지 날이 갈수록 글쓰기가 편해졌고 그 길이도 길어졌다. 하루도 빠지지 않고 계속 쓴다면 내 삶의 훌륭한 기록이 될 것도 같았다. 어릴 때부터 간직해오던 작가가 되겠다던 꿈이 다시 되살아나기도 했다.

일기를 쓰는 일이 어느 정도 습관화되자 이번에는 독서에 대한 욕구가 일었다. 잘 쓰기 위해서는 많이 읽어야 한다는 것을 깨달았던 것이다. 읽는 것은 쓰는 것보다 더 쉬웠다. 많은 책을 읽은 것은 아니라 해도 더러 소설을 즐겨 읽곤 하던 나였기 때문이다. 무엇부터 읽을 것인가를 고민할 필요도 없었다. 친숙한 소설을 선택하되 유명작가의 잘 알려진 작품부터 읽는다면 실망할 일은 없을 터였다. 막상 그렇게 결심은 했지만 장애물이 없는 것은 아니었다. 외국 땅이라 우리 글로 된 책을 구하기가 쉽지 않았던 것이다. 하지만 불가능하지도 않았다. 공공도서관마다 전자도서관을 운영하고 있었고 그걸 활용하면 선택의 폭은 넓지 않아도 그런대로 읽을 만한 책들은 얼마든지 있었다. 난 그곳에서 한 권 두 권 책을 빌려 읽기 시작했다. 재미가 붙으면서 독서의 양도 늘어갔다.

다시 두 달이 지났을 때였다. 환절기 탓인지 감기를 앓게 되었다. 난 평소처럼 약을 먹지 않아도 이틀 정도만 쉬면 금세 낫겠지 하며 별 대수롭지 않게 여겼다. 하지만 그건 큰 오산이었다. 감기는 나를 열흘 가까이나 괴롭히다 못해 병원신세까지 지게 만들었다. 면역력이 많이 떨어졌다는 게 의사의 진단이었다. 건강에도 지대한 관심을 기울일 필요가 있었다. 나이가 쉰을 훨씬 넘은 만큼 그건 당연한 일이었다. 건강을 유지하기 위한 방법으로는 이미 익숙해있는 달리기를 선택했다. 마침 내가 머물고 있는 숙소의 외곽으로 길이가 500미터 정도 되는 산책길이 하나 있었다. 다음 날 아침부터 그곳을 달리는 일이 내 일과에 추가되었다.

일기와 독서, 그리고 달리기를 하는 날이 늘면서 내 생활은 활력을 되찾았다. 술을 마시지 않고도 잠을 이룰 수 있는 날이 늘어났고 건강상태 또한 눈에 띄게 좋아졌다. 향수병도 자취를 감추었다. 난 만족스러워했지만 그 시간은 그리 오래가지 못했다. 3개월을 고비로 내 생활은 다시 내리막길로 접어들었다. 서서히 게을러져갔고 세 가지 중 한 가지씩 거르는 일이 이따금씩 생겨났다. 좋은 습관은 들이기보다 그것을 잊는데 걸리는 시간이 훨씬 빠른 법이다. 빼먹는 종목 수와 빼먹는 날수는 시간이 지날수록 기하급수적으로 늘어갔다. 어느새 모든 것에 시들해있는 나를 발견했다. 예전으로 되돌아가지나 않을까 걱정이 되기 시작했다. 구체적인 목표를 세워야겠다는 생각을 한 건 바로 그 무렵이었다.

난 여러 날을 고민한 끝에 새로운 목표를 수립하기에 이르렀다. 그래, 200-200-200 클럽에 한 번 가입해보자. 한 달에 200킬로미터의 거리를 달리고 원고지 200매에 해당하는 글을 쓰며 일 년에 200권의 책을 읽어보는 거다. 흔히 말하는 건강 건독 건필이라는 말과도 일맥상통하느니만큼 이보다 더 좋은 목표가 어디 있으랴. 좋다는 말과 쉽다는 말은 양립할 수 없는 말인지도 모른다. 목표를 달성하는 것이 결코 쉬워 보이지 않았다. 특히 독서량이 그랬다. 일 년에 200권이라면 일주일에 4권은 읽어야 한다는 말이 아닌가. 그러나 난 어렵다는 말이 불가능함을 뜻하지는 않으며 어려울수록 목표로서의 가치도 있는 것이 아니냐며 각오를 더욱 굳게 다졌다. 외국에서의 생활이라 특별히 개인적인 일이 별로 없는 만큼 노력하면 굳이 달성 못할 것도 없었다.

돌아보니 그때로부터 2년이라는 세월이 흘러있다. 터키에서 귀국한 것도 어언 1년이 다 되어간다. 목표를 얼마나 성실하게 수행해왔는지 돌이켜보았다. 불행하게도 목표는 단 한 차례도 달성된 적이 없었다. 그렇다고 실망만 할 일은 아니었다. 80퍼센트 정도는 지켜진 것으로 보아 상당한 시간을 애쓰며 살아온 것이 틀림없었기 때문이다. 허투루 세월을 낭비한 것만은 아니라는 생각에서 그나마 난 안도할 수 있었다. 문제는 최근에 있었다. 약 한 달 전부터 나의 생활은 완전히 무너져있었다. 달리기는 일주일에 한두 차례 할까 말까였으며, 고작해야 이번 달에 읽은 책이라고는 두어 권뿐이었다. 일기를 빠뜨리지 않고 쓰고 있다는 점이 유일한 위안거리라고나 할까. 무엇보다 더 큰 문제는 목표의식 자체가 희미해져간다는 점이었다.

사람이란 누구나 정해진 시간동안 정해진 일을 하라고 하면 그리 어렵지 않게 해낸다. 끝이 보이는 까닭이다. 끝이라는 말은 그 이후의 보람과 편안함을 암시하며 사람들에게 희망을 부여한다. 희망을 갖는 순간 우리는 무슨 일이든 참고 이겨낼 수가 있다. 하지만 그런 일도 평생 하라고 하면 달라진다. 평생은 끝이 없다는 말에 다름 아니다. 끝이 보이지 않는다는 사실은 사람을 아득하게 만든다. 자연히 목표를 이루고 난 뒤의 행복감은 도달할 수 없는 거리에 있는 것처럼 여겨지고 우린 그걸 쉽게 포기해버린다.

내가 목표로 내세운 200-200-200클럽가입도 그 매일이라는 놈 때문에 어려웠던 것이 틀림없다. 평생을 읽고 쓰고 달리자고 했으니 누군들 지치지 않으며 언젠들 포기하지 않을까? 그런 차원에서 아주 거창한 목표를 세우고 죽는 그날까지 실천하겠다는 맹세는 아무런 의미가 없다. 신이 아닌 이상 그 목표를 평생 동안 꾸준하게 달성한다는 것은 불가능에 가까운 일이니까. 달성하려는 의지를 일깨우기 위해서는 목표에 반드시 끝의 개념이 도입되어야만 하는 것이다.

난 목표를 수정하기로 했다. 내용은 그대로되 달성기간을 한시적인 1년으로 제한했다. 일 년이 지나는 날 목표를 달성하면 조촐하나마 자축하는 행사도 가지기로 했다. 평소 갖고 싶었던 빔 프로젝트를 그날 구매키로 한 것이다. 그런 다음 단 며칠이라도 쉬는 기간을 가지면서 다음의 새로운 목표를 세우기로 했다. 물론 그 목표는 이전과 같을 수도 있고 달라질 수도 있을 것이다. 마음을 고쳐먹었더니 느낌이 한결 달라졌다. 그래, 딱 1년. 그 기간만이라도 이번에는 200-200-200클럽 가입을 꼭 이뤄보자.

두 번 사는 삶

우리 인생이란 누구에게나 단 한 번밖에 주어지지 않는다. 그렇기 때문에 과거를 돌이키다보면 후회와 미련이 남기 마련이다. 난 종종 내가 걸어온 이 길을 선택하지 않았다면 지금쯤 어떤 모습이 되어있을까 하는 생각을 하게 된다. 오늘도 어김없이 그런 상상에 빠져보았다.

인생을 두 번 살게 되면 어떨까하는 생각이 들었다. 살아가는 동안 한 번의 기회가 더 주어진다면? 인생이 100년이라는 가정 하에 한 살부터 100살까지의 삶을 사는 게 아니라, 한 살에서 쉰 살까지 산 후 다시 한 살부터 쉰 살까지 두 번의 삶을 살게 된다면? 거기다 그 두 가지 중에서 어느 한 가지를 자신이 자유로이 선택할 수 있다면? 그러면 나는 무엇을 선택하여 어떻게 살아갈까?

많은 사람들이 두 번 사는 삶을 선호하리라는 추측은 어렵지 않다. 나 역시 그렇게 선택할 가능성이 높다. 우선은 노인으로 보내는 시간을 겪지 않는다는 점이 좋다. 나이 쉰 이상의 삶이 없다는 것은 질병, 외로움, 요양, 이런 단어로부터 다소 자유로울 수 있음을 의미한다. 첫 번째 삶에서의 실패를 보상 받을 수 있다는 것 또한 장점이다. 이루지 못한 나의 꿈을 향해 길을 바꾸어볼 수도 있고, 같은 길을 걷더라도 부족했던 면을 보완할 수도 있다. 그런 기회가 주어진다면 난 내가 걸어온 길과 정반대의 길을 걸어보고 싶다. 학창시절 부족했던 공부를 보완하겠다는 생각도 갖겠지만, 무엇보다 엔지니어로서의 삶이 아니라 작가로서의 삶을 선택하리라는 생각이 든다.

그러나 두 번 주어지는 삶이 꼭 긍정적인 면만 있는 것 같지는 않다. 노인으로부터의 해방도 좋기만 하다고 말할 수는 없다. 요즘 들어 현대의학의 발전과 함께 건강관리에 관한 관심의 증가로 건강한 삶을 유지하는 노인들이 많다. 또 그들은 그동안의 노력에 대한 대가로 편안한 휴식과 여유를 보장받는다. 그러나 나이 쉰까지의 삶이라면 끊임없는 노동을 요구받고 생활을 위해 도무지 일로부터 벗어날 도리가 없다.

이루지 못한 꿈을 향해 두 번째의 삶을 산다는 것도 마찬가지다. 그것이 모든 사람들에게 성공된 삶을 보장한다는 것은 아니다. 만족스러워하지 않는 사람은 또 생겨나게 되어있다. 엔지니어가 아닌 작가로의 길을 선택한 나라면 과연 성공한 작가가 될 수 있을까? 그건 장담할 수 없다. 새로운 길을 택한 나는 여전히 그 과정에서 치열한 경쟁을 벌여야 한다. 물론 이미 한 번의 삶을 겪으면서 자신의 적성과 능력에 대한 검증이 이루어졌기에 성공가능성은 다소 높을 것이다. 그렇지만 여전히 실패의 가능성은 열려있고 만약 실패라도 한다면 그 좌절감이나 실망은 지금 내가 느끼는 것과는 비교할 수 없을 정도로 크며 엄청난 충격을 받을 것이 틀림없다. 한 번 더 주어진 기회에서의 실패는 나를 더 큰 나락으로 빠뜨릴 수도 있다는 말이다. 게다가 다시는 찾아오지 않는 기회이니 그 참담함이야 말로 표현하기조차 힘들 것이다. 자칫 잘못하면 두 번 사는 삶을 선택했다는 그 자체를 더 후회할지도 모른다.

어떤 삶이 되었든 후회는 사람이 살아가는데 있어 아주 큰 역할을 하는 것 같다. 오늘 내가 두 번 사는 상상에 빠져든 것도 지난날의 후회에서 비롯된 것이 틀림없다. 그렇다고 후회하지 말자는 이야기는 아니다. 후회를 하되 말 그대로 후회에 그쳐 앞날을 올바르게 살아가는 도구로 활용하면 그뿐이다. 무엇보다 이 후회를 잘 다스리는 것이 인생의 성공실패를 결정하는 가장 중요한 요소가 될 것이다.

아무리 후회한들 우리가 그때로 되돌아갈 수 있는 방법은 없다. 그렇다면 지난 삶에 대한 아쉬움을 보상받기 위해 과거에 연연하며 엉뚱한 상상을 하는 것보다, 후회를 바탕으로 하여 현재를 직시하며 새로운 삶을 구상하는 것이 훨씬 생산적이다. 우리가 살아가는 삶은 상상속의 것이 아닌 현실속의 것이다. 가정은 가정일 뿐 우리 앞에 놓여있는 것은 현실의 세상이다.

시간의 속도

터키에서 1년간의 근무를 마치고 내가 귀국한 건 작년 오늘이었다. 벌써 1년이 지났다는 생각을 하니 세월이 참 빠르다는 생각이 든다. 사람의 심리라는 게 신기한 것이어서 자신이 처해있는 상황에 따라 매우 가변적이다. 물리적인 크기가 정확하게 정해져 있는 시간마저 각자의 가슴 속에서는 그 속도가 달라진다. 아니 나 혼자에 대한 시간조차 때에 따라 달라진다. 재미있는 일이나 하고 싶은 일에 빠져들면 시간은 마치 날아가는 것처럼 빨리 흐르며, 지루한 일이나 하기 싫은 일을 할 때면 시간은 엉금엉금 기어간다. 생각해보니 나에게 있어 터키에서의 1년과 귀국한 후의 1년은 그야말로 그 길이가 천양지차다.

터키에서는 하루하루가 그렇게 길었다. 그곳에 도착한 첫날밤부터 그랬다. 그날은 앞으로 견뎌내야 할 세월이 아득할 뿐이어서 잠조차 제대로 자지 못했다. 뜬눈으로 밤을 지새다보니 그 시간은 더욱 길었다. 두 달쯤 지나자 향수병이 생겼다. 가족과 떨어져 혼자 생활하는데다 주변의 사람들은 모습과 말이 낯설기만 한 외국인뿐이었다. 이야기의 상대도 없고 여유를 즐길만한 거리도 없어 말 그대로 고독의 시간들이었다. 시간은 더욱 길어졌다. 한국으로 나올 수 있는 휴가도 부임 후 6개월이 지나야 주어졌다. 그때부터 난 휴가까지의 기간을 헤아리기 시작했다.

내가 날짜를 헤는 방법은 다양했다. 아침에 조깅을 하면서는 달리는 거리를 사용했다. 우선 하루의 뛰는 거리를 정한 후 휴가 때까지 몇 킬로를 뛰어야하는지를 계산했다. 그 여정 가운데 내가 현재 달리는 위치가 어디인지를 매일 가늠했다. 그러면서 '몇 킬로미터를 더 뛰면 집으로 갈 수 있는지를 계산했고 그 길이가 줄어드는 걸 하루의 즐거움으로 삼았다. 고혈압 약도 시간의 도구였다. 하루에 한 알씩 먹었으니 남아있는 약의 개수로 휴가까지의 날수를 쉽게 알 수 있었다. 생활용품들도 사용했다. 샴푸의 남은 양을 어림으로 계산하기도 했고 바르던 스킨의 양을 눈짐작으로 살피기도 했다. 수첩의 달력에는 디데이에 붉은 표시를 한 후 하루가 지날 때마다 제 날짜에 가위표를 하며 죽여 나갔다. 그건 군대생활을 할 때 사용하던 방식이기도 했다.

내 의식이 집중되다보니 시간은 더욱 더디게 흘러갔다. 그나마 근무시간에는 해야 할 일이 있었으니 시간을 잊을 수 있어 좀 나았지만 휴일이 되면 증상은 엄청 심했다. 향수병으로 인해 정신질환이 찾아올 수 있다는 게 이해가 되었다. 다행히 좋은 방법이 떠올랐다. 휴일마다 유명한 관광지를 한군데씩 찾아보자는 생각을 했다. 마침 내가 살던 곳은 천혜의 관광지 이스탄불과 고작 100킬로 정도 밖에 떨어져 있지 않았다. 매주를 그렇게 쏘다녔다. 주말여행으로 시간에 산만해지면서 내 향수병은 조금씩 부피가 줄어들었다.

그렇게 느리던 시간들이 귀국 후에는 정반대로 쏜살같이 달아나기 시작했다. 하루가 지났나 하면 어느새 일주일이 지나있었고, 일주일이 지났나 하면 한 달이 지나있었다. 그것이 벌써 1년이라는 세월로 바뀌었다. 뒤집어 생각해보면 그만큼 내 생활이 바빴다고 할 수도 있고 시간들이 잘 사용되었다고도 할 수 있다. 그럴 것이 책을 낸다, 번역을 한다, 공부를 한다 하며 실로 바쁘게 보낸 시간들이었다. 거기다 중간 중간의 토막시간을 이용해 친구와 지인들과의 만남 또한 소홀히 하지 않았다. 그런 일들은 내 관심을 시간으로부터 멀리 떨어뜨려 놓았고, 하루하루를 헤아리는 행위 자체를 용납하지 않았다. 시간은 더욱 빠르게 흐를 수밖에 없었다.

시간에 관한 생각을 하다보면 난 가끔 이런 질문을 스스로에게 해보게 된다. 터키에서의 시간과 지금의 시간을 비교해볼 때 어떤 쪽이 더 만족스러운가? 당연히 현재의 시간이 더 만족스럽다고 할 수 있다. 그건 현재의 순간이 더 행복한 삶이라는 이야기다. 분명히 맞는 말이다. 그렇다면 앞으로의 생활도 철저하게 빠르게 흘러가는 시간환경 속에서 살도록 노력해야하는 것일까? 시간을 잊을 정도로 몰입할 수 있는 일들을 찾아 생활하는 것이 과연 행복일까?

삶의 재미를 느끼고 거기에 빠져 시간을 망각한 상태로 매일을 살아가는 것이 나쁘다고 말할 수는 없다. 그러나 그것이 능사는 또 아니다. 시간이 빨라진다는 말은 다른 시각에서 보면 남은 내 인생의 길이가 상대적으로 짧아진다는 뜻일 수도 있다. 이 세상을 하직하는 날 난 또 이렇게 느끼는지도 모른다. 정신 없이 살다보니 어느덧 세상을 떠날 날이 도래했다고. 그때는 또 그 나름대로 아쉬워하지 않겠는가.

터키에서 보낸 나의 1년은 무척이나 힘든 시기였던 것만은 틀림없다. 대신 난 그 1년을 그 몇 배의 기간인 것처럼 착각하며 살았다. 그만큼 내 인생은 늘어난 것이었고 길어진 시간 탓에 많은 생각들을 하게 되었다. 나 자신에 대해서, 내 미래에 대해서, 심지어는 다소 철학적인 인생이란 의미에 대해서까지. 이런 이야기를 하면 그런 생각을 하느라 골똘했던 시간은 또 빨리 흘러가지 않았겠느냐는 이야기를 하는 사람이 있을지도 모르겠다. 그들을 충분히 이해할 수 있다. 그러나 그 계기를 만들어준 것은 분명 길어진 시간 탓이며, 지루한 시간이 있었기에 이후의 일부시간을 망각할 수 있었던 것이다.

따라서 내가 말하고자 하는 요지는 분명하다. 굳이 시간을 빨리 보내려 애쓰지 않아도 된다는 말이다. 내가 좋아하는 일만, 재미있는 일만 하면서 살아가려 안달복달할 필요도 없다. 시간이 빠르면 빠른 대로, 또 느리면 느린 대로 다 내 인생인 것이다. 지루할 때조차 내 인생이 그 기간만큼 연장되는 것이려니 생각하면 된다. 나에게 주어진 모든 환경을 긍정적인 시각으로 받아들이고 사랑하는 것만이 참다운 인생을 살아가는 방법이다. 하루하루를 참아내던 터키 생활 또한 나의 멋진 인생의 한 부분이다. 앞으로 어떤 지루한 일상이 닥쳐와도 기꺼이 즐거운 마음으로 받아들일 수 있는 자세를 나는 갖추고 싶다.

새로 만들기와 고치기

　외출을 했다가 돌아오는 버스 안에서였다. 집까지 가는 시간을 잡생각으로 날려버리기가 아까웠다. 아침에 써 두었던 글이 하나 생각났다. 시간에 쫓겨 나중에 다시 살펴보겠다며 대충 끼적거려 놓았던 것이다. 길지 않은 글이니 30여 분의 귀가길이면 퇴고하기에도 안성맞춤이다. 핸드폰을 통해 저장해두었던 글을 펼쳤다.

　얼마나 바쁘게 썼던지 한 구절 한 구절이 모두 오류투성이였다. 표현이 어울리지 않는 부분이 있나 하면 의미전달이 제대로 되지 않는 곳도 발견되었다. 마음에 들지 않는 곳들을 하나씩 찾아 수정하기 시작했다. 시간은 금세 흘렀다. 채 반쯤 끝났을까 싶은데 버스는 내가 내려야할 곳에 도착해있었다. 기왕 지사 손을 댄 일이라 거기서 그만 두기가 찜찜했다. 시간을 조금만 더 들인다면 곧 끝나지 않을까 하며 집으로 돌아와서도 난 그 글을 붙잡고 늘어졌다.

　오늘따라 내 마음에 들게끔 글을 고치는 일이 쉽지만은 않았다. 이 부분을 고치면 저 부분이 이상하고 뒷부분을 손대면 앞부분이 어색했다. 난 몇 차례나 글의 전후를 오가며 손질을 계속했다. 이제야말로 끝이 났구나 생각하며 글을 새로 읽어보면 성에 차지 않는 부분은 또 생겨났다. 결국 나는 밤을 꼬박 새우고야 말았다. 그러자 이럴 줄 알았으면 처음 글을 쓸 때 좀 정성을 들일 걸 하는 후회가 엄습해왔다.

아주 오래전 수영을 배울 때도 그와 비슷한 경험을 한 적이 있다. 나름 수영을 좀 한다는 자신감에서 평영과 자유형을 섞어가며 1킬로미터의 거리를 쉬지 않고 돈 후 샤워장에 돌아왔을 때였다. 한 사람이 나에게 자유형 발차기 폼이 좀 이상하다며 그걸 고치면 더 빠르고 쉽게 수영할 수 있을 거라 조언해주었다. 틀린 말이 아니었다. 정식으로 강습을 받은 것이 아니라 어릴 때 바다에서 마구잡이로 배운 수영이었기 때문이다. 그때부터 난 발차기를 고치기 위해 몇 달 동안 수영강습을 받았다. 그러나 오랫동안 몸에 익은 폼은 고쳐지지 않았고 끝내는 포기하고 말았다. 덕분에 아직껏 자유형을 할 때면 내 발차기 폼은 어설프기 짝이 없다. 아마도 처음 수영을 익힐 때 제대로 발차기를 배웠더라면 그렇게 어렵진 않았을 것이다.

직장생활을 할 때 겪었던 일도 있다. 자동차 회사에서 내가 맡았던 일은 신차를 생산하기 위해 생산라인을 구축하는 일이었다. 새로운 차를 생산하기 위해서는 두 가지 방법이 있다. 신공장을 건설해 모든 설비를 새로이 준비하는 방법과, 이미 생산중인 라인을 개조하여 추가로 신차까지 생산 가능하도록 만드는 방법이다. 생산라인을 개조하는 방법이 비용의 측면에서는 훨씬 유리하지만 모든 엔지니어들은 그걸 싫어했다. 생산중인 차와 생산할 차 두 가지를 모두 만족시키도록 설비가 고려되어야 했으니, 한 가지만 고려하는 것보다 힘듦과 어려움이 두 배였던 까닭이다.

이처럼 무슨 일이든 고치는 일은 참으로 어렵다. 아마도 그 이유는 이미 들인 노력이 아까워 쉬 버리지 못함 때문이 아닐까? 우리는 일을 진행하던 도중 잘못을 발견하면 피해를 최소화하려는 노력부터 먼저 하게 된다. 그런 생각은 조급함을 부르고 오히려 그것이 우리를 더욱 잘못된 길로 인도한다. 거짓말이 거짓말을 낳게 되는 것도 이와 비슷하다. 자신의 행위를 합리화하려다보면 자꾸 엉뚱한 길로 들어서게 되는 것이다. 결국 한참을 헤맨 후에야 제대로 된 길을 찾던지 아니면 원래의 지점으로 되돌아와 새로 출발하게 된다.

그럼 어떻게 해야 그걸 막을 수 있을까? 이미 답은 구해진 거나 마찬가지다. 무엇보다 처음 시작할 때 제대로 되도록 최대한 깊이 생각하고 실행하는 것이다. 지금 대충 해놓고 나중에 고치면 되겠지 하는 버릇을 아예 들이지 말아야 한다. 시간이 없다는 이유를 들이대서는 더더욱 안 된다. 잘못된 시작으로 인해 없는 시간은 더 부족해질 수도 있다. 물론 그렇다고 완벽해질 수는 없다. 나중에 수정 역시 필요할 것이다. 최소한 처음부터 다시 시작하는 우를 범하지는 말자는 이야기다.

최근 들어 자동차 회사에서는 새로운 생산라인을 깔 때면 미리 다음 차종까지 고려를 한다고 한다. 미래의 차에 대해 알 수 없는 만큼 완벽한 대비야 불가능하겠지만 할 수 있는 곳까지는 최선을 다해 미리 생각해 둔다는 말이다. 그처럼 나 역시 글을 쓸 때도 함부로 낙서하듯 쓰지 않기로 했다. 그 말은 완벽하게 구상이 끝난 뒤에야 첫 문장을 시작하겠다는 말은 아니다. 머릿속에서 고민만 하다보면 아예 시작을 못할 수도 있다. 일단 시작은 하되 막무가내로 써 내려가지 않겠다는 뜻이다. 글을 쓰는 과정의 중간 중간에 한 번씩 뜸을 들이며 돌아보기도 했다. 엉뚱한 방향으로 가는 한이 있더라도 최소한 중간쯤에 그걸 알아차릴 수 있도록, 그래서 완전히 다른 목적지에 도달하는 일이 없도록 해야겠다는 생각에서다.

오래 전부터 하고 싶던 스포츠가 하나 있다. 스쿼시다. 이것만큼은 수영의
전철을 밟지 않도록 처음부터 제대로 된 강습을 받아보리라 다짐해본다.

커피여 안녕

 나의 하루는 커피로 시작된다. 아침에 커피를 마시지 않으면 무언가 빠뜨린 일이라도 있는 것처럼 쉽사리 일손이 잡히질 않는다. 커피로 인해 머리가 기지개를 켜고 어제로부터 간신히 벗어나는 셈이다. 어제의 기억들 중 지워질 건 지워져야 또 새로운 기억들이 채워질 채비가 차려진다. 따뜻한 아메리카노는 정신을 맑게도 하지만 산뜻한 기분마저 들게 한다. 커피라도 따뜻한 커피라야 한다. 아니 뜨거워야 제 맛이다. 또 설탕이며 크림이 전혀 들지 않은 블랙이어야만 한다. 미지근하거나 다른 첨가물이 섞이면 커피 고유의 순수한 맛이 우러나기에는 아무래도 부족하다. 진하면 진할수록 좋다. 진한 만큼 높아진 카페인 함량이 내 머리를 더욱 각성시켜서인지도 모른다. 어쨌거나 커피는 내 일상에서 빼놓을 수 없는 음식이 되어버렸다.

 번역을 하다 막혀 장시간 속수무책일 때나 글을 쓰다가 더 이상 진전을 보이지 않을 때도 커피는 좋은 대안이 된다. 커피 한잔을 마시면서 잠시 휴식을 취하노라면 어김없이 그 다음 작업으로 쉽게 이어갈 수가 있다. 무엇이든 좋아지면 잦아지는 법이다. 나는 커피애호가가 된 것만으로 부족해 커피 마시는 횟수를 점점 늘려갔다. 하루에 네댓 잔은 예사가 되었다. 이따금씩 카페인 과다 섭취가 걱정되었지만 커피의 효과는 워낙에 탁월했다. 카페인쯤은 가볍게 무시될 정도로 내 몸은 이미 커피를 거부할 수 없을 지경에 이르렀다. 서서히 부작용이 생겨났다. 밤이 되면 좀체 잠을 이루기가 어려웠다. 잠은 들기만 힘든 게 아니었다. 어렵사리 잠이 들었다 해도 곧 깨기 일쑤였고 어떤 때는 한밤중에 잠을 깬 후 눈을 말똥거리며 더 이상 잠들지 못하는 경우도 생겼다. 자연히 다음날의 피곤은 더했다. 그러자 더 많은 커피가 필요했다. 소위 말하는 악순환의 고리가 형성된 것이다.

불면을 야기하는 커피의 효과를 반감시킬 필요가 있었다. 난 엉뚱한 곳에서 대책을 발견했다. 어쩌다 지인과 저녁 늦게까지 술자리를 가졌던 날이었다. 그날 역시 마신 커피가 대여섯 잔은 족히 되었다. 하지만 그날따라 수면을 쉽게 취할 수 있었고 밤사이 깨는 일도 없었다. 알코올이 카페인보다 더 지배적인 영향력을 행사했던 것이다. 그걸 알게 된 이후부터 저녁이면 맥주를 한 잔씩 마시기 시작했다. 맥주 역시 내가 죽고 못 사는 음식이었으니 음주량 역시 적지 않았다. 500cc 두 캔은 마셔야 술기운이 커피의 힘을 제압하는 게 가능했다. 맥주캔들이 냉장고 속에서 하나둘 늘어갔다. 그러다 언젠가부터 난 맥주를 박스단위로 구입하고 있었다. 김치냉장고는 맥주냉장고로 바뀐 지 이미 오래다.

맥주를 마시는 날이면 아내는 잔소리를 일삼는다. 잠이 들고나면 그렇게 코를 곤다며 불만이 대단하다. 술을 마시기 전에는 그런 일이 없었으니 코골이는 술에서 비롯된 게 틀림없다. 아침마다 아내의 푸석한 얼굴을 발견하는 횟수가 눈에 띄게 늘어갔다. 술은 내 기상시간 또한 늦추었다. 늦은 기상은 나의 하루를 짧게 만들었다. 짧아진 하루시간은 매일같이 행해오던 내 일과의 축소를 강요했다. 일과가 잠식되는 건 일순간이었다. 힘들고 귀찮아하던 달리기가 제일 먼저 일과에서 사라졌다.

생활패턴이 바뀌면서 나쁜 습관들은 연쇄반응을 일으키며 급속도로 가짓수를 늘렸다. 이상증세가 찾아왔다. 몸이 무거워지고 소화가 안 되었으며 속이 쓰리는 현상이 잦아졌다. 심각성이 느껴졌다. 문제를 해결하는 방법이 잘못되었다는 걸 깨달았다. 근본적인 치유책은 잘못된 것을 없애는 것이었음에도 난 잘못을 덮기에만 급급했던 것이다. 돈을 모으기 위해서는 저축을 늘리는 것보다 빚을 갚는 것이 먼저다. 습관의 경우도 이와 크게 다르지 않다. 좋은 습관을 들이려 노력하기에 앞서 나쁜 습관부터 없애야 한다. 그렇다면 무엇보다 커피를 끊어야만 한다.

무언가를 끊어버리는 일은 결코 만만한 일이 아니다. 독한 마음을 먹지 않으면 여간해서 성공할 수 없다. 끊는 일이 어렵다면 줄이는 건 어떨까? 우선은 커피를 줄이는 것부터 시도해보자고 생각했다. 그 순간 또 다른 고민이 앞을 가로막았다. 줄인다는 것은 언제든 다시 늘어날 가능성을 의미하는 말이다. 어떤 면에서는 더 큰 고통이 수반되는 일이라 할 수 있다. 이십여 년 전 담배를 끊으려할 때 난 그걸 터득한 바 있다. 몇 차례나 흡연량을 줄이려다 결국은 실패하고 말았던 것이다. 오히려 그 이후 금연을 시도한 것이 효과를 발휘해 지금껏 담배를 멀리하고 사는 나다.

이루 말할 수 없이 아쉽지만, 또 엄청난 고통을 감내해야겠지만 결국 난 커피를 끊어버리기로 했다. 당장 이 순간부터 실행하자고 결심했다. 커피에게 마지막 작별인사를 고했다. 커피여 이제 안녕. 인사를 하자마자 내 곁에서 조금씩 커피의 향이 멀어지는 것 같다. 또 하나의 친숙한 것을 떠나보낼 수밖에 없는 내 마음속으로 서글픔이 밀려왔다. 그러나 어쩔 수 없는 일이다. 나이가 들수록 자꾸 이별하는 일이 늘어만 가는 것, 그게 바로 인생이기 때문이다.

저자가 된다는 일

또 한 권의 책 번역이 끝났다. 마지막에 저자가 책을 쓰면서 인용했던 각종 서적과 논문들의 정보가 적혀있는 참고문헌 페이지가 나타났다. 무려 167가지나 되는 자료들의 제목이 순서대로 기록되어있었다. 한 권의 책을 출간하기 위해 저자는 이 많은 기록들을 두루 섭렵했다는 말이다. 물론 그 내용 중 극히 일부분들만 발췌했겠지만 어쨌거나 필요한 부분을 찾아내기 위해서는 내용 전체를 읽고 이해해야만 가능한 일이다. 저절로 고개가 숙여졌다.

문득 어떤 작가의 말이 떠올랐다. 그는 한 권의 책을 쓰기 위해서는 적어도 관련되는 책을 100권은 읽어야한다고 말했다. 또 대학교수인 내 친구 한 명은 최소한 관련되는 분야의 100개 과목을 공부한 전문가라야 책을 한 권 쓸 수 있다고 말하기도 했다. 당연한 말이려니 하면서도 놀랄 수밖에 없다. 100권이니 100개 과목이니 하는 것들은 실로 엄청난 양이 아닌가.

언젠가부터 난 청년들을 위해 자기계발서를 한 권 써봤으면 하고 희망을 품어왔다. 그 희망은 직장생활을 하면서 신입사원들을 교육했던 일이 계기가 되었다. 당시 내가 강의한 시간은 겨우 두 시간이었다. 짧은 시간이지만 누군가를 가르친다는 것 역시 결코 얕잡아볼 수는 없는 일이어서 상당한 준비가 필요했다. 난 여기저기서 관련 자료를 수집해 교안을 만들었다. 내용은 젊었을 때 꼭 지켜야 할 스무 가지의 일에 관한 것이었다. 청춘 20계명이라고나 할까 뭐 그런 내용이다. 기억을 더듬어보니 자료를 만드는데 아마 2개월 정도 걸렸던 것 같다. 강의를 하고나자 나름 평이 꽤 좋았다. 용기를 얻은 나는 욕심을 부려 교안을 책의 원고형태로 정리해보았다. 완성되면 250페이지 정도는 거뜬해 보였다. 자기계발서의 저자가 되겠다는 꿈은 그때 시작된 것이다.

번역한 책의 참고문헌은 나로 하여금 바로 그 청춘 20계명에 대한 생각을 다시 하게 만들었다. 난 내 꿈이 실로 무모했다는 자학에 빠져들었다. 그 저자의 참고문헌 수에 비해 내 원고의 참고서적 수는 초라할 정도였기 때문이다. 그렇다고 좋은 책의 조건이 무조건 참고문헌이 많아야 한다는 건 아니며 내 원고가 허투루 쓰였다는 의미는 더더욱 아니다. 오랜 세월 내가 직접 체험한 소중한 경험들이 청춘 20계명에 녹아있었던 것만은 틀림없는 사실이다. 하지만 나 혼자만의 경험 20여 가지로 젊은이들에게 이렇게 살아야 한다고 말하기에는 아무래도 많이 부족했다. 자칫 잘못하면 나의 얄팍한 지식이 남을 속이는 결과를 낳을 수도 있었다. 독자들의 입장은 고려하지 않은 채 너무 내 욕심에만 눈이 멀어있었던 건지도 모른다.

최근의 출판업계 사정이야 알 만한 사람은 다 알고 있을 것이다. 내로라하는 사람들이 쓴 책들조차 잘 팔리지 않는 세상이다. 그런 마당에 이름자 하나 알려지지 않은 내 책이야 말해 무엇하랴. 펼치는 순간 가슴에 확 와 닿는 그런 내용이 없는 이상 내 글은 독자들의 손은 고사하고 출판사의 편집자들 손에서부터 버려질 것이 분명하다.

한없이 부끄러웠다. 그나마 아직 준비하는 단계였으니 다행이라는 생각마저 들었다. 책을 쓰겠다며 모아둔 각종 자료들을 다시 펼쳐보았다. 적은 양은 아니지만 하나하나 뜯어볼수록 어설프고 부족한 부분들은 도처에 널려있었다. 이것으로 감히 책을 펴내겠다고 덤벼들었으니 참으로 뻔뻔스럽고 용감했구나 싶다.

원점에서부터 다시 출발해 청춘 20계명이라는 책의 기획과 방향설정을 새로이 할 필요가 있었다. 그러려면 좀 더 많은 자료와 책을 찾아 읽고, 더 많은 젊은이들을 만나 인터뷰하는 일 또한 주저하지 않아야 할 것이다. 단시간에 원고를 완수하려 조급해서도 안 되고 충실한 원고가 되도록 장시간을 투자하며 고민해야 할 것이다. 갑자기 앞으로 해야 할 일이 엄청나게 늘어난 느낌이다. 몇 백 배나 일이 어려워진 듯하고 자신감이 일시에 사라져버리는 기분이다. 그러나 포기하진 않을 것이다. 힘든 일일수록 또 내가 들인 노력이 많을수록 완수한 후의 가치는 훨씬 더 큰 법이니까. 책의 번역을 통해 난 그 책이 전해주는 지식을 넘어 값진 교훈을 부가적으로 얻은 셈이다.

신체검사

책상 위에 우편물이 하나 놓여있었다. 수신자란에는 내 이름이 적혀있었다. 우편함에 있던 것을 아내가 가져다 놓은 것 같았다. 발신자가 병원인 걸로 볼 때 2주 전쯤 받은 신체검사 결과일 것이다. 괜히 가슴이 두근거리기 시작했다. 혹시 무슨 이상이라도 발견된 것은 아닐까? 신체검사를 받을 때나 결과통지를 받을 때나 걱정스런 마음이 되기는 매한가지였다. 흘러간 세월이 가져다 준 선물 아닌 선물인 셈이다.

조심스럽게 봉투를 열었다. 종이 네댓 장이 질서정연하게 접혀있었다. 제일 첫 장은 전체 결과를 요약한 것이다. 막대그래프의 수치가 건강의 단계를 넘어서 주의 단계에까지 침범해있었다. 위험 수준에 이르기까지는 아직 여유가 좀 있어 보여 안도의 한숨을 내쉬었다. 그 아래에 적힌 의사의 소견을 읽었다. 비만에 주의할 것과 식습관을 개선할 필요가 있으며 음주량을 줄여야한다는 내용이 올해도 빠지지 않고 들어있었다. 그나마 다행이라면 작년과 비교할 때 크게 나빠진 게 없다는 점일 것이다.

상세항목들이 적혀진 다음 페이지를 여는 순간 내 표정은 다시 굳어졌다. 모든 수치가 하나 같이 정상의 한계치에 아슬아슬하게 걸려있었다. 체질량 지수가 그렇고 콜레스테롤 수치가 그러하며 혈압이 그렇다. 대장 내시경 결과도 만족스럽지 못했다. 조직검사결과 큰 이상은 없지만 용종을 두 개나 절취했다는 내용이 적혀있었다. 아무리 나쁜 놈은 아니라고 하더라도 용종이 생긴다는 것은 결코 바람직한 일이 아니다. 좀 깊게 생각해 보면 용종들이 생기기 좋은 신체라는 말과 같다. 건강한 상태가 아니라는 것이 확인되면서 우울감이 찾아들었다.

그 때 아내가 방으로 들어섰다. 그녀 역시 신체검사 결과가 궁금했던 것이다. 난 그때까지 알게 된 내용들을 있는 그대로 알려주었다. 잠시 걱정하는 듯한 표정이 금세 걷히면서 아내는 쾌활하게 말했다.

"나이에 비해 당신 아주 건강한 편이에요. 운동도 나름 열심히 하잖아요. 다만 튀긴 음식과 육류를 좋아하는 그 식습관만 조금 고친다면 100살까지는 아무 문제없을 걸요. 술까지 줄인다면 금상첨화일 테고."

식습관과 관련한 아내의 말에는 조금도 틀림이 없다. 비만도 혈압도 콜레스테롤도 모두 음식에서 비롯되는 것이 분명하다. 대장의 용종까지도 식습관에서 비롯되는 것이다. 우리가 건강을 잃게 되는 이유는 건강을 잊기 때문인지도 모른다. 건강상의 문제는 어느 날 갑자기 찾아오는 경우가 거의 없다. 조금씩 무언가 조짐이 나타나기 마련이다. 주기적으로 신체검사를 받는 사람이라면 보통 그 결과를 통해 어렴풋이나마 이상의 형태를 감지하게 된다. 신체검사를 받을 때나 결과를 통지받으면서 새로운 결심을 하게 되는 것도 그런 걸 느꼈기 때문이다. 다만 모처럼 다졌던 결의를 며칠 지나지 않아 잊어버리는 게 문제다.

나 역시 그런 사람이다. 그러나 이번만큼은 달라질 필요가 있었다. 난 지켜야 할 사항들을 메모해보았다. 육류보다는 어패류 중심의 식단. 짜고 매운 음식 피하기. 음주량 줄이기. 적어놓고 보니 하나같이 지켜내기가 쉽지 않은 것이다. 아무리 굳게 마음먹으려 해도 좀체 자신감이 생기질 않았다. 인간의 욕구 중에 가장 큰 것이 식욕이거늘 좋아하는 음식을 한결같이 피해야하는 상황이 되어버렸으니 어쩌면 그건 당연한 일이다. 그럼에도 어쩌랴. 건강하지 않은 인생이란 삶으로서 아무 가치가 없는 것이니.

새벽녘에 느꼈던 흉통이 갑자기 생각났다. 엊저녁 과식을 한 때문인지 아침에 잠을 깨면서 잠깐 동안 가슴이 답답해왔던 것이다. 메모의 내용들은 그 기억으로 인해 더욱 절실하게 다가왔다. 난 두 주먹을 불끈 쥐었다. 이번에는 달라져야한다. 창밖을 내다보았다. 간밤에 많은 눈이 내렸나보다. 온 세상이 어제의 흔적들을 모두 숨긴 채 완전히 흰 빛으로 표백되어있었다. 눈은 꼭 대지 위로만 내리는 것이 아니라는 생각이 든 건 바로 그때였다.

나이가 든다는 것

언제부턴가 나이를 먹어가고 있음이 실감나기 시작했다. 생활하는 가운데서 변화가 감지된 것이다. 변화는 예고를 하고 찾아온 것이 아니었다. 어느 날 불쑥 아, 달라졌구나 하는 기분으로 다가왔다. 물론 변화의 과정이 한 순간에 확 일어난 것인지 서서히 진행된 것인지 가늠할 수는 없다. 다만 나의 느낌이 그랬을 따름이다. 오늘따라 유달리 그런 느낌은 강하게 찾아왔다.

도서관에 들러 몇 권의 책을 빌린 후 돌아가려할 때였다. 2층에서 1층으로 계단을 내려서는데 무릎에서 통증이 느껴졌다. 순간 퇴행성관절염이라는 단어가 생각났다. 나에게도 그것이 찾아온 것인가 하면서도 설마 하는 생각이 앞질러 나왔다. 다시 1층에서 2층으로 올라갔다가 내려와 보았다. 올라갈 때는 괜찮았지만 내려올 때는 아무래도 불편하다. 그러고 보니 며칠 전의 등산에서도 내려오던 길이 더 힘들었던 것 같다. 나이가 들면 내려오기가 더 힘들다더니 내가 그 나이가 되었구나 싶었다.

집으로 돌아오는 길 곳곳에 어젯밤에 내린 눈이 아직 녹지 않은 상태로 있었다. 자신도 모르게 나는 눈길을 피해 걷고 있었다. 신체의 유연성이 떨어지다 보니 행여 미끄러져 낙상사고라도 당하지 않을까 두려워진 것이다. 어느 새 눈 내리는 날이 귀찮기만 한 나이가 되었다. 나에게 눈은 더 이상 낭만의 대상이 아니라 불편을 야기하는 존재일 뿐이다.

방학이라고 모처럼 집에 온 대학원생 아들 녀석이 함께 게임을 하자며 게임용 리모컨을 내게 건넸다. 둘 다 승부욕이 강한 성격이라 녀석과는 종종 게임을 하며 내기를 하곤 했다. 우리가 즐겨 하는 건 스포츠 시뮬레이션 게임이었으며 주로 결과는 백중지세였다. 오늘의 종목은 탁구와 볼링, 골프였다. 수차례 겨루었지만 난 단 한 차례도 이기질 못했다. 리모컨을 다루는 내 손과 팔의 움직임은 예전 같지 않았다. 자세 또한 올바르지 않았고 화면을 오가는 공을 쫓는 시선도 날카로움을 이미 잃은 상태였다. 거기다 패배를 거듭하다보니 의욕은 상실되었고 흥미마저 잃어갔다. 도저히 젊은 아들 녀석을 이길 재간이 없었다. 결국 항복하고 말았다. 이제 신체적 활동을 동반하는 게임을 해서는 이길 나이가 지나있었다.

핸드폰의 전화벨이 울렸다. 또 쓸데없는 광고전화였다. 그런 줄 알면서도 난 전화벨 소리가 날 때마다 이번에는 아니겠지 하며 화면을 자꾸 들여다보았다. 그건 아마도 나를 찾는 사람이 기다려진 까닭일 게다. 은퇴를 하면서부터 만나는 사람의 수는 부쩍 줄어들었다. 사람들이 그리워졌다. 어쩌다 한 번씩 걸려오는 지인들의 전화가 그렇게 반가울 수가 없다. 그들과 만남의 약속이라도 잡히면 며칠 전서부터 설레는 마음을 안고 살아간다. 동창들과의 그룹채팅방이며 단체대화방을 들락거리는 횟수는 늘어만 간다. 모임의 소식이라도 없나 궁금해서다. 추억을 쌓아가는 일보다는 추억을 뒤적이는 일이 많아졌다는 의미다. 그것 역시 나이가 들었다는 증거에 다름 아니다.

늙어간다는 사실이 어느 누구에게나 기쁠 리 없다. 하지만 누구도 부정하거나 거부할 수 또한 없다. 세월을 되돌릴 수도 없는 일이며 늙지 않으려 발버둥친다고 해결이 되는 것도 아니다. 한탄만 할 것이 아니라 거기에 맞추어 적응해가며 사는 것이 최선이다.

오르는 것보다 내려가는 것이 힘들다면 체중을 줄이면 된다. 아니 체중보다 몸을 더 무겁게 만드는 것이 욕심이나 아집일지도 모르니 그것을 버리면 된다. 그것으로도 안 된다면 등산이라는 취미를 바꾸어야 할 것이다. 산을 오르내리기보다 평지를 오래 걷는 트래킹도 좋은 취미가 될 수 있다.

눈이 내리는 날 낭만을 찾지 못한다고 비관할 것도 없다. 비가 오는 날 낭만을 찾으면 또 어떠랴. 비가 내리는 날 우산을 쓰고 거리를 쏘다니는 것도 제법 운치 있는 일이 아닐는지. 바람이 몹시 부는 날도 괜찮을 것이다. 낭만의 대상이 꼭 눈이어야만 하는 것은 아니지 않은가?

게임을 하는 것도 마찬가지다. 단 한 번이라도 승리를 만끽하고 싶다면 종목을 바꾸면 될 일이다. 신체활동보다는 두뇌활동이 요구되는 게임을 하면 그나마 나이와 관계없이 승부를 걸어볼만하지 않을까? 예를 들면 바둑이나 장기 같은 게임이 있을 것이다. 카드 게임 같은 것도 좋다. 찾으려고만 들면 이길 수 있는 게임은 얼마든지 있다.

사람이 그리워질 때면 전화를 마냥 기다리지만 말고 먼저 전화를 하는 것도 좋은 방법이다. 만남을 기다릴 것이 아니라 먼저 제안한다면 새로운 관계를 만들어나갈 수가 있다. 누군가는 지금의 나처럼 내 전화를 기다리고 있을지도 모른다. 적극적으로 관계를 만들어가는 행위야말로 나이 들수록 더욱 필요한 것이다.

새삼 누군가의 말이 떠오른다. 살아남는 자는 강한 자가 아니라 적응하는 자라는 말이다. 정녕 세월에 맞추어 아름답게 늙어가는 것도 멋있는 일이다.

토정비결

인터넷 서핑을 하다 우연찮게 토정비결이라는 단어가 눈에 띄었다. 새해 아침이면 가족끼리 모여 토정비결 책을 들여다보며 한 해의 운세를 점치곤 하던 어린 시절이 생각났다. 원래 음력을 기준으로 삼은 책이 토정비결이겠지만 웬일인지 우리는 양력설만 되면 거기에 목을 매다시피 달려들곤 했다. 사오십 년 전의 일이었으니 아마도 별달리 재미를 붙일만한 곳이 없어 그랬던 것이리라. 띠와 생시를 맞춰가며 찾은 운세페이지에서 당시 나는 '대길'이라는 단어가 발견되기를 학수고대했다. 코흘리개를 갓 지난 놈이 흉과 길의 차이가 무엇인지 정확히 알 리야 없었지만 길하다는 말을 모든 일이 내가 원하는 대로 이루어진다는 말로 해석한 탓이었다. 그때가 떠오르자 새삼 토정비결로 올 한해의 운세를 미리 점쳐보고 싶어졌다. 친절하게도 누군가가 무료 사이트까지 안내해 놓은 상태였다.

그 사이트를 찾아들어가 내 사주를 입력하자 한해의 운세가 주르륵 떴다. 예전처럼 음력과 양력의 차이에서 빚어지는 혼란을 없애려는 듯 그곳 한 귀퉁이에는 운세가 양력을 기준으로 하고 있음을 명백하게 밝히고 있었다. 나는 총운부터 읽어 내려갔다. 운세는 한 마디로 말해 어린 시절 그토록 바라던 대길 그 자체였다. 용이 승천하는 길운의 괘를 얻어 감히 내 적수가 없으니 어디에서고 무엇이든 얻을 것이며 주변에서 칭찬소리 끊이지 않는다. 첫 시작이 그렇듯 어디 하나 나무랄 데 없는 길한 운세였다. 신춘문예나 나름 알려진 문예지를 통해 등단을 하고 그동안 써두었던 글들이 활자로 변해 책으로 출간되는 그림들이 머릿속에서 그려졌다. 어쩌면 그 모든 일들이 이루어질지도 모르는 일이었다.

사람들에게 점을 치거나 운세를 보는 이유를 물어보면 한결같은 대답을 들을 수 있다. 재미삼아 본다는 것이다. 하지만 그건 겉으로만 그럴 뿐 내면으로는 은근히 믿으려는 성향이 강하다. 어쩌다 비슷한 일이 벌어지기라도 하면 마치 자신의 운명이 그렇게 결정되어 있었던 것처럼 운세에다 사건을 꿰어 맞추는 일을 서슴지 않는다. 맞춰놓고 보면 또 그렇게 꼭 들어맞는 것도 같다. 그런 경험이 한 번 두 번 쌓이다보니 점괘나 운세를 자신의 미래에 대한 예견의 수단으로 사용하게 된다. 그럴 것이 토정비결을 포함한 모든 운세들의 표현은 지극히 은유적이다. 다시 말해 어떤 상황을 갖다 붙여도 어울릴 법한 말들로 묘사되어 있다는 말이다. 거기다 사람이라면 누구에게나 크든 작든 자신의 힘으로는 어찌할 수 없는 길흉사 한두 가지 정도는 언제나 맞닥뜨리게 되어있다. 자신의 힘으로 어찌할 수 없다는 것을 인지하게 되면 사람들은 자연스레 그 상황을 운세의 내용과 연계시킨다. 그렇게 억지로 운세의 내용에다 자신의 상황을 맞추다보면 맞지 않는 일이란 없다. 운세를 꼭 믿는 것은 아니라 하더라도 그저 허황된 것만은 아니라는 생각을 품게 되는 것은 바로 그때부터다. 토정비결의 내용이 좋다는 것을 확인하는 순간 나의 꿈이 올해에는 다 성취될 것 같은 희망적인 생각을 가진 것도 거기서 기인하는 것이었다.

갑자기 아내의 토정비결이 궁금했다. 사주야 다 알고 있는 처지니 아내의 운세를 훔쳐보는 것은 어렵지 않았다. 똑같은 방법이 동원되었다. 해가 기우는데 갈 길은 멀고, 나그네 발걸음은 바쁘기만 하다. 그냥 보아도 별로 탐탁찮은 운세였다. 뒤에 이어지는 말은 더했다. 두 사람의 마음이 서로 엇갈리니 무엇을 이룰쏘냐. 여기서 두 사람이란 누구를 뜻하겠는가. 나와 아내를 가리키는 말이 분명하다. 우리 사이에 불화가 빚어질 수도 있다는 말이다. 토정비결의 내용을 복사해 아내에게 보내주려던 처음의 생각이 사라졌다. 좋지 않은 운세를 받아 들고 기분 좋을 사람은 없기 때문이었다.

그때 한 가지 아이디어가 떠올랐다. 아내의 운세를 적당히 고쳐서 보내면 어떨까하는 생각이 든 것이다. 어차피 토정비결이라는 게 이현령비현령이 아닌가. 내용을 수정한다고 해서 일일이 확인해볼 아내도 아니었다. 괜히 나쁜 내용을 보며 찜찜해하는 것보다 좋은 내용을 통해 즐겁고 기분 좋을 수 있다면 좀 속인다 해서 잘못된 일일 것 같지 않았다. 아내의 운세는 토정비결이 아닌 남편비결이 되어갔다. 앞마당에 매화가 만발하니 길운이 번성하고 기쁨도 크다. 제법 운세다운 표현이 덧칠되어 그럴싸하게 고쳐졌다. 그러나 너무 좋은 내용들만 이어지면 기쁨은 오히려 반감될 수 있다. 적당히 경계하는 내용도 섞어 넣어야 했다. 순리에 따라 노력하면 길할 것이나 기다리기만 하면 흉이 될 것이다. 여기저기를 수정한 후에 전체적인 내용을 훑어보니 한해의 운세로 조금의 손색도 없었다. 나는 그것을 아내에게 메일로 송부하고는 메일을 열어보라는 문자까지 보내주었다.

컴퓨터 화면에는 여전히 나의 운세가 떠 있었다. 나는 계속해 월별 운세를 읽어 내려갔다. 1월의 운세내용이었다. 가족 모두의 마음이 사랑으로 화합하니 집안에 경사가 겹치고 만사가 뜻대로 이루어진다. 그걸 보면서 난 또 어김없이 토정비결을 현실의 상황과 결부시키고 있었다. 여기서 말하는 사랑이니 화합이니 하는 의미에 혹시 방금 전에 아내의 토정비결을 수정한 행위도 포함되어 있는 것이 아닐까? 만약 그렇다면 이번 달 우리 가정에 경사의 징조가 비친다고 받아들여도 무방하다. 토정비결이 꼭 맞아떨어졌으면 좋겠다는 생각이 들었다. 나쁘던 아내의 토정비결을 어느새 잊어먹은 나였다.

새해소망

새해에는 보다 새로운 사람이 되게 하소서

체격이 빼어나기보다 체력이 뛰어나고

시력이 좋기보다 시야가 넓으며

지식이 풍부하기보다는 지혜로운 사람으로 거듭나게 하소서

예민하게 생각하기보다 예리하게 생각게 하시고

감정에 치우쳐 감상적이지 않으며

냉정함보다 냉철함을 유지하게 하소서

다소 고집스럽더라도 아집에 빠지지 않고

차이를 차별하지 않으며

대립하되 대적하지 않아

거스르는 입장에 설지언정 거슬리는 모습이 되지 않게 하소서

다변이 아닌 달변이 되게 하시고

보복을 잊고 보답만을 알게 하시며

가진 능력이 고스란히 실력이 되게 하소서

가난을 고난으로 여기지 않으며

불가항력에는 마주치기보다 마주하게 하시고

명분을 내세우기보다 본분을 지키게 하시어

거침없이 행동하면서도 거친 행동이 되지 않게 하소서

또한 변화를 두려워않되 변질되지 않게 하시고

개선을 빌미로 개혁을 거부하지 않으며

집념이 집착으로 이어지지 않게 하소서

아무리 절실해도 절박해하지 않고

규칙에 앞서 원칙을 지키며

잠시 낙담하는 일이 있어도 냉담에 빠지지 않게 하소서

그리하여 부디

못나도 못되지 않으며

고약한 마음보가 아닌 고운 마음씨로

풍족하지 않아도 만족할 줄 알고

신심이 두터운 사람이기보다는 신념이 확고한 사람으로서

일등은 아니어도 일류로 살아갈 수 있게 하소서

제6부
달리며 생각하며

러너스하이

  흔히들 인생을 마라톤에 비유하곤 한다. 그건 아마도 긴 거리를 오래 달려야 하는 마라톤의 특성 때문일 것이다. 오랜 시간을 달리다 보면 반드시 힘든 과정이 찾아오기 마련이고 그건 우리가 인생에서 겪는 시련의 모습과 흡사하다. 뿐만 아니라 그 힘든 시기를 어렵사리 극복한 후에는 목표를 이뤄냈다는 보람과 환희를 만끽할 수 있는데 그 역시 역경을 이겨낸 후 맞이할 수 있는 인생의 행복에 필적할만하다.

  난 약 15년 전부터 마라톤을 즐겨왔다. 내가 마라톤을 취미로 삼게 된 건 그걸 통해 거창하게 무슨 인생의 의미를 깨닫자는 것은 아니었다. 나이 마흔으로 접어들면서 조금씩 불어나는 뱃살이 보기도 흉했거니와 점점 자신이 없어지는 건강을 조금이나마 회복해보자는 뜻이 상당부분 내포되어 있었다. 물론 경제성도 고려되었다. 다른 운동들은 대개 시작하기에 앞서 갖추어야 할 것이 많다. 운동에 필요한 갖가지 도구들은 물론 옷차림이며 기타 여러 가지 돈을 들여야 할 일이 많은 것이다. 반면 이놈의 달리기라는 것은 신발만 있으면 집에서 잠옷처럼 입던 트레이닝복으로도 가능하다. 장소도 그다지 구애받지 않는다. 아파트 산책로든 동네 주변이든 가까운 공원에서든 어디서든 마음만 먹으면 가능한 것이 달리기다. 그렇게 시작했던 것이 제법 이력이 붙어 어느새 하루에 10킬로미터쯤은 예사로이 달릴 수 있게 되었다. 하지만 세월이 지나면서 그것도 싫증이 난 것인지 최근 들어서는 일주일에 고작 두세 번을 뛸까말까 하는 정도다.

하루 종일 집안에서 빈둥거리다 무료해진 나에게 미뤄두었던 숙제가 기억나듯 갑자기 달리기에 대한 어떤 의무감 같은 것이 생겨났다. 돌이켜보니 이런저런 핑계로 달리기를 외면한 게 수삼일은 지나있었다. 15년 가까이 습관을 들여와도 여전히 달리기는 힘이 드는 운동이고 그래서 매일 하기는 더더욱 힘든 일이다. 생각난 김에 달리기를 해보자며 재빨리 운동화 끈을 조여 맸다. 마라톤에서 가장 힘든 거리가 풀코스나 100킬로미터에 이르는 울트라마라톤 코스가 아니라, 집에서 달리는 지점까지 나가는 그 거리라는 걸 잘 알고 있던 터라 혹시라도 그 사이에 내 마음이 변하지나 않을까하는 걱정에서였다.

달리다보면 힘든 나머지 달리는 행위에 대해 여러 가지 생각을 하게 된다. 지금 내가 뛴 거리는 얼마나 될까? 앞으로 남은 거리는? 남은 거리를 삽시간에 줄일 수는 없을까? 어떻게 하면 달리는 이 순간이 휙 지나가 버릴까? 하나같이 고통의 순간이 줄어들기를 간절히 바라는 의문들이다. 그러나 그런 생각에 사로잡히기 시작하면 앞으로 남은 거리는 더욱 멀어 뵈고 뛰어야하는 시간은 더욱 길어 보인다. 그걸 이기기 위해서 난 또 다른 생각을 하려 애를 쓴다. 여행을 가 즐거운 시간을 보냈을 때라든가 무언가를 이루어 성취감에 벅차올랐을 때를 떠올리려 해본다. 달리는 순간으로부터 산만해짐으로써 달리는 시간을 의식하지 않기 위함이다. 시간을 느끼지 않을 때라야 그 시간이 빨리 지나간다는 것을 잘 아는 나다. 이러한 나의 노력은 매번 반복되지만 성공하는 경우는 드물다. 다른 생각을 하려할수록 내 의식은 달리는 순간에 더욱 집중되고 힘듦은 사라지지 않은 채 가중된다. 마침내 이렇게 힘든 짓을 내가 왜 하고 있을까 라는 비관적인 생각에까지 도달한다. 모든 걸 포기한 채 그만 멈춰 서 버리고만 싶어진다. 그 순간 내가 참으면서 달릴 수 있는 이유는 오직 하나다. 그 힘든 것들도 시간이 지나면 다 극복이 되더라는 믿음 때문이다. 지난번에도 그랬고 지지난번에도 그랬듯이 조금만 더 참고 견디면 그걸 이겨낼 수 있더라는 경험이 내 몸속에 도사리고 있기 때문이다. 그렇게 난 참으며 한발 한발 힘겨운 발걸음을 옮기고 있었다.

2킬로미터 정도 남겨놓았을 때였다. 러너스하이라는 단어가 떠올랐다. 그건 마라톤을 즐기는 사람이라면 누구나 경험하게 된다는 쾌락의 순간을 뜻하는 말이다. 먼 거리를 달릴 때, 아주 힘든 시간이 지나면 그 순간이 찾아온다고 흔히들 말하지만 난 그 말을 믿지 않았다. 마라톤을 한 지 꽤 오랜 시간이 지났어도 난 단 한 차례도 러너스하이라는 것을 느껴보지 못했던 것이다. 나에게는 달리면 달릴수록 쾌락은커녕 고통만 더해질 뿐이었다. 오늘도 마찬가지다. 내가 만약 러너스하이라는 걸 느낄 수 있다면 지금쯤 그 시기가 찾아와야 마땅하지만 그럴 기미는 조금도 보이지 않았다.

종착점이 얼마 남지 않자 고통은 점점 극점으로 치달았다. 그때였다. 오늘따라 이상하게 유명한 심리학자가 밝혀냈다는 그 러너스하이가 거짓만은 아닐 거란 생각이 불쑥 머릿속을 비집고 들었다. 거짓이었다면 벌써 러너스하이를 부정하는 이론들이 숱하게 나왔을 것이 아닌가. 하지만 그런 내용들을 내가 접한 적은 없다. 그렇다면 혹시 그동안 나에게도 찾아왔었는데 내 감각이 무뎌 그걸 느끼지 못했던 건 아닐까? 난 신경을 바짝 곤두세워보았다. 억지스레 느껴보려 해서였는지 시간이 지나면서 달리기가 조금은 편해진 것도 같았다. 그렇다고 말 그대로 쾌락을 느낄 정도는 아니지만 거칠던 호흡이 진정되어진 것 같고 허벅지며 발바닥의 통증이 약간씩 완화된 느낌이었다. 아주 미세했지만 이전과는 분명 차이가 있었다. 돌이켜보니 이 정도야 평소에도 드문드문 경험했던 것이었다. 그때서야 나는 그것이 바로 러너스하이라는 것을 알았다.

러너스하이라고 해서, 누구나에게 찾아오는 것이라고 해서, 여태껏 나는 너무 큰 것을 찾으려 했음에 틀림없다. 큰 것을 찾다보니 작은 것이 눈에 띄지 않았던 것이다. 눈앞에 있는 작은 행복을 발견하지 못한 채 커다란 행복만을 찾아 헛된 꿈을 꿔왔다 해도 결코 틀린 말이 아니다. 그 깨달음을 오늘 러너스하이가 나에게 던져준 것이다.

사람의 감각은 집중력에 따라 그 민감한 정도가 달라진다. 무심코 지나치면 보이지 않는 것들도 두 눈을 부릅뜨고 시선을 모으면 발견할 수가 있고, 평소 들리지 않던 시계초침소리도 그곳에 집중하면 들을 수 있게 된다. 시끄러운 음악이 울려 퍼지는 카페에 앉아서도 마음만 먹으면 책을 읽을 수도 있고 글을 쓸 수도 있지 않은가. 그 모든 것이 마음의 문제요 의지의 문제다.

어느새 도착점이 눈앞에 다가와 있었다. 오늘 내가 느낀 러너스하이로 인해 내일부터는 좀 더 쉽게 달리기를 할 수 있으리라는 예감이 밀려왔다. 이것 또한 오늘 내가 찾은 조그만 행복인지도 모른다.

느림에서 누림으로

옮기기 싫은 걸음을 억지로 떼놓으며 시작한 달리기였다. 주말이라 더 싫었고 이른 아침시간이라 늦잠의 달콤함을 애써 뿌리쳐야했기에 더 망설여졌다. 그 모든 걸 참아가며 어렵사리 첫발을 내디뎠건만 불과 2킬로미터를 가지 못한 곳에서 결국 사단이 났다. 몸이 내 마음의 상태를 알아차렸던 것일까? 난 그만 사정없이 넘어지고 말았다.

길바닥의 조그만 턱이 문제였다. 물길이 흐르는 곳 위로 간이 목재교량이 만들어져 있었는데 길과 교량 사이 연결부위에 5~6 센티미터 정도의 높이차가 있었다. 그 높이 차이를 내 발은 넘어서지 못했다. 발이 그 턱에 걸리는 순간 내 몸은 휘청거렸고, 나이가 들면서 순발력이 떨어진 탓에 무게중심을 회복하지 못한 것이다. 결코 가벼운 몸무게가 아니었으니 그 영향은 클 수밖에 없었다.

상처는 제법 깊었다. 마치 경운기 바퀴가 막 진흙탕 속을 지나간 듯 양 손바

닥에서부터 팔꿈치까지 두 줄로 진하게 피가 배어났다. 무릎은 더 심각했다. 관절부분이 움푹 파인 상태로 핏물이 흥건하게 고여 있었다. 상처 난 부분들이 심하게 쓰려왔다. 난 주변부터 살펴보았다. 아픔보다는 창피함이 더 먼저 밀려 왔다. 다행히 지나가는 행인들의 모습은 보이지 않았다. 몸을 일으켜 세웠다. 일단 돌아가야 했다.

　교량을 놓을 때 조금만 신경을 썼다면 그 정도 높이차이는 충분히 없앨 수 있지 않았을까? 공사를 한 사람들의 무성의가 그렇게 원망스러울 수가 없었다. 그 정도의 안전문제는 시행처에서 기본적으로 지켜야하는 사항이었다. 많은 사람들이 산책길로 이용하는 곳이었으니 나 이외에도 유사한 피해사례가 더러 있었을 것이다. 그럼에도 계속 방치했다고 생각하니 더욱 화가 났다. 하지만 이미 벌어진 일, 이제 와서 그것을 따져 무엇 하랴. 난 치밀어 오르는 분노를 애써 눌러 삼켰다.

　다리가 절뚝거렸다. 걸음은 느려질 수밖에 없었다. 느린 걸음으로 5분쯤이나 걸었을까? 개천변을 따라 생소한 것들이 하나둘씩 시선을 채워오기 시작했다. 뛸 때는 미처 볼 수 없었던 것들이 걷게 되자 속도가 느려지면서 시야에 잡힌 것이다. 물가로 들꽃들이 줄지어 피어있었다. 문득 며칠 전에 알게 된 스마트폰 어플이 하나 떠올랐다. 사진을 찍으면 꽃 이름을 알려주는 어플이었다. 모양만으로는 코스모스 같기도 한 노란 꽃의 사진을 찍어보았다. 순식간에 금계국이라는 이름이 나타났다. 이번에는 자주빛깔의 꽃을 찍었다. 패랭이 꽃이다. 둥근 모양으로 뭉쳐진 꽃도 보였다. 그건 붉은 토끼풀이라고 알려준다. 이름을 알게 되자 꽃말이 궁금했다. 찾아보니 금계국은 상쾌한 기분이고, 패랭이 꽃은 순결한 사랑이며, 붉은 토끼풀은 행복이다. 느려진 덕분에 새삼 지식이 한층 풍부해지는 기분이었다. 이래서 느림의 미학이란 말이 생겨난 건지도 모른다.

어느새 넘어짐으로 인한 나의 분노는 많이 가라앉아 있었다. 뿐만 아니라 넘어짐의 궁극적인 원인에 대해서도 다시 생각하게 되었다. 문제를 유발시킨 것은 분명 도로의 턱이었다. 그러나 내가 그걸 피할 수 없었던 건 아니었다. 난 뛰는 행위에 집중하지 못했다. 엉뚱한 생각에 사로잡힌 채 주의력이 산만한 상태였다. 그저 평탄한 길이겠거니 생각하며 주변지형에 대해서는 완전히 방심했던 것이다. 뛰기 전 한쪽 무릎이 불편했던 것도 또 하나의 원인이다. 출발을 하면서 무릎의 상태가 좋지 않다는 걸 난 직감했다. 그럼에도 내 몸이 내는 소리를 무시한 채 안이한 태도로 달리기를 감행했다. 조그만 흔들림에도 몸의 중심을 되잡지 못하고 넘어졌던 건 노화 때문이 아니라 무릎의 이상 때문이었다. 그렇다면 부상의 원인은 길이 아니라 나 자신인 셈이다.

역시 세상은 바라보기 나름이다. 빠르면 빠른 대로 보이는 것이 있고 느리면 느린 대로 보이는 것이 있다. 느려지면 생각하는 것이 달라지고 느끼는 것이 달라진다. 오늘 나의 느림은 많은 것을 알게 해주었으며 여러 가지를 돌아보게 해주었다. 느려지면서 누릴 수 있게 된 것이다. 느림은 늦음이 아니라 누림이다.

페이스메이커

3킬로미터를 넘어설 즈음이었다. 뒤에서 제법 빠른 발자국소리가 들렸다. 소리는 점점 다가왔다. 그러더니 어느새 나를 앞서기 시작했다. 지나치는 순간 그를 쳐다보았더니 차림새며 몸매와 폼이 예사롭지 않았다. 마라톤을 한 경력이 짧지 않은 게 틀림없다. 모자 뒷부분으로 삐져나온 머리칼에는 하얀 빛이 가득했다. 얼핏 보아도 쉰은 넘어 보이는 사내였다. 그는 보폭을 늘리며 계속 나와의 거리를 조금씩 늘렸다.

나도 모르는 사이에 그를 쫓아가려 발걸음이 빨라졌다. 나 역시 15년에 가까운 시간을 달리기와 함께 살아왔던 것이다. 사실 난 마라톤을 오래 하기도 했지만 선수가 아닌 일반인 중에서는 내로라하는 실력을 갖추고 있었다. 더구나 상대는 체력적으로 나를 아주 능가할만한 젊은이도 아니지 않은가. 그와의 거리가 좁혀져 10여 미터로 일정하게 유지되었다. 힘들긴 했지만 난 스스로를 다독였다. 분명 그는 얼마 지나지 않아 멈추어 설 것이니 조금만 더 참아보라고.

달리기를 하는 도중에 다른 러너를 만나는 건 흔한 일이었다. 하지만 나를 앞지르는 사람은 드물었다. 간혹 그런 사람이 나타나곤 해도 그들은 오랜 시간을 그렇게 달리지 못했다. 몇 걸음만 더 지나보면 한쪽 옆에 멈추어 서서 숨을 헐떡이기 일쑤였다. 오늘의 그 역시 그런 범주를 벗어나지 못하리라는 확신이 들었다. 당장은 숨이 약간 차올라도 잠시 후면 그를 따돌릴 시간이 곧 오리라 믿었다.

굳이 그를 페이스메이커로 삼은 데는 별다른 뜻이 있어서가 아니다. 누군가를 목표로 삼으면 덜 힘들어지는 면이 있는데다 남에게 지기 싫은 승부욕이 발동했던 탓이다. 수컷본능이라고나 할까? 그러나 내 생각과 달리 그의 달리는 동작에서는 전혀 지침의 기색이 보이지 않았다. 자세가 조금도 흐트러지지 않았을 뿐 아니라 속도도 거의 일정했다. 평소보다 빨라진 속도에 내가 오히려 조금씩 지치는 기분이었다.

도중에 갈림길이 몇 차례 나왔다. 공교롭게도 앞서 달리는 그는 내가 가고자 하는 방향으로 계속 달려 나갔다. 점점 숨이 가빠왔다. 어느새 거리는 7킬로미터를 넘어섰다. 다리의 피로도가 가중되고 심박수가 빨라졌다. 남은 거리는 3킬로미터였다. 그는 여전히 쭉쭉 뻗어갔다. 그의 발걸음이 가벼워보일수록 난 더더욱 포기할 수 없었다. 가쁜 숨을 몰아쉬며 그를 뒤쫓기 바빴다. 1킬로미터를 더 달렸다. 갈림길이 나타났다. 우린 그곳에서 헤어졌다. 그는 오른쪽 길을 선택해 돌아나갔고 난 직진했다.

불과 백여 미터를 더 지나자 갑자기 가슴이 터질 듯 아파왔다. 아무래도 느낌이 이상했다. 속도를 한껏 늦추었다. 허벅지에서 강한 통증이 밀려왔다. 도저히 더 이상 뛸 수가 없었다. 난 그만 개천변에 마련된 벤치에 주저앉고 말았다. 아직 집까지는 아득한 거리였다. 그로부터 30여분의 시간이 흘렀다. 호흡을 조절한 나는 조금씩 몸을 움직여보았다. 별다른 이상증세는 없었다. 하지만 더 이상 뛰는 것은 무리였다. 그때부터 천천히 걷기 시작했다.

문득 마라톤 대회에서 이따금씩 발생하던 사고 생각이 떠올랐다. 더러 목숨을 잃는 마라토너들이 있었다. 대부분이 사오십 대 중년들이었다. 자신의 한계를 깨닫지 못한 채 능력을 넘어서는 기록에 욕심을 부린 결과였다. 그런 뉴스들을 접할 때마다 어쩌면 저렇게 미련할 수 있을까 생각하곤 했다. 그러나 오늘 내가 바로 그런 행동을 하고 말았다. 나의 능력에 대한 과신과 남에게 질 수 없다는 쓸데없는 경쟁심으로 자칫하면 사고가 날 수도 있는 일을 저지른 것이다.

인생을 살다보면 경쟁이란 반드시 필요하다. 적당한 승부욕은 긍정적인 효과도 가져다준다. 상대를 이기기 위해서는 노력이 필요하고 그렇게 노력을 기울이다보면 능력은 조금씩 향상되기 마련이다. 다만 누구를 경쟁상대로 선택하느냐가 관건이다. 너무 가벼운 상대를 선택하면 동기부여가 적을뿐더러 경쟁에서 이겨도 성취감이 떨어진다. 반대로 대적하기에 힘든 상대를 선택하면 무리수가 따른다. 제 실력으로 이기기 벅차다는 것을 아는 순간 쉽사리 포기한다. 또 이기고자하는 마음이 너무 강하면 비상식적인 방법을 동원하기도 한다. 그러면 경쟁의 과정은 무시되고 오직 승부의 결과에만 집착하게 된다. 그런 것으로부터 벗어나 경쟁이 의미를 갖기 위해서는 무엇보다 상대가 적당해야한다. 모르는 바는 아니었지만 오늘 나는 그걸 완전히 잊은 상태였다. 막상 나보다 잘 뛰는 상대를 만나다보니 욕심이 생겼고 내 능력을 과신하는 결과로 이어진 것이다.

그럼 앞으로 똑같은 일이 벌어지지 않으려면 어떻게 해야 하는 것인가? 적당한 상대를 목표로 삼으면 되는 일이다. 문제는 그 '적당한'에 있다. 도대체 어떤 것이 적당하다는 말인가. 나는 우선 자신부터 분석해보기로 했다. 나이 만 오십칠 세. 육체적이든 정신적이든 모든 기능이 향상될 리 없이 떨어지기만 하는 시기다. 그렇다면 앞으로의 삶에 있어 내가 최고로 능력을 발휘할 수 있는 시점은 지금 현재라는 말이다. 갑자기 최고라는 단어에 강한 느낌이 가 닿았다. 그 최고의 나를 목표로 삼으면 어떨까 생각이 든 것이다. 오늘의 목표를 어제의 나로 삼고, 내일의 목표를 오늘의 나로 삼는다면? 결국 목표라는 것이 향상이 아니라 유지라는 데 초점이 맞추어지는 일이지만 따지고 보면 그것도 상대적인 개념에서는 향상이라고 할 수도 있는 일이니 바로 그 '적당한' 목표가 될 수 있지도 않겠는가. 거기다 이미 그 상태를 경험한 바 있으니 힘든 목표도 아닐 것이 분명하다.

그때서야 난 내 상대가 따로 있음을 알았다. 상대는 남이 아닌 나 자신이었다. 앞으로는 절대 잊지 않기로 했다. 나의 페이스메이커는 어제의 나라는 사실을.

가을에 피는 장미

내가 달리기를 하는 코스의 끝자락엔 제법 큼지막한 호수가 있다. 거의 매일같이 난 둘레가 2킬로미터 남짓한 그 호수를 한 바퀴 빙 둘러 되돌아온다. 다시 말해 호수가 반환점 역할을 하는 것이다. 호수를 돌다보면 곧잘 기력이 회복되어지곤 한다. 이미 반을 달렸으니 종착점이 머지않았다는 생각에 저절로 기운이 솟기도 하거니와, 이따금씩 마주치는 청둥오리며 가마우지 떼들의 물장난에 힘들었던 기억이 사그라지는 탓이다.

호수의 입구를 지나 오른쪽으로 난 산책로로 접어들면 농촌진흥청의 경계를 표시하는 담벼락을 만난다. 담은 철제빔을 가로세로로 얽어 만든 것이다. 담 너머에는 커다란 벚나무들이 일정한 간격으로 늘어서 있고 철제빔 사이사이로는 장미넝쿨들이 자라있다. 때문에 봄날 내내 호숫가 주변은 상춘객들로 북적이기 일쑤다. 화려한 벚꽃이 피었다 지고나면 화사한 장미꽃 행렬이 곧 이어지기 때문이다. 나 역시 봄이면 연례행사처럼 아내와 함께 그 길로 꽃구경을 나서곤 했다.

그러나 계절이 가을로 접어들면 그곳은 마치 철시한 장터마냥 한적한 오솔 길로 변한다. 싸늘해진 날씨 탓에 나무들이며 넝쿨들은 잎사귀들을 다 떨어내어 옷을 벗고, 산책을 즐기는 행인들의 수도 부쩍 준다. 더군다나 오늘같이 11월도 중순이면 찬바람에 낙엽만 휑하니 뒹굴면서 스산해지기까지 한다. 난 가쁜 숨을 들이쉬며 그 길로 접어들었다.

호수의 초입에서 모퉁이를 돌아 바닥이 제법 푹신할 정도의 우레탄 포장이 막 시작되는 곳에 이르렀을 때였다. 붉은 빛이 내 눈을 찔러왔다. 그건 다름 아닌 철제담장을 타고 오른 줄기에서 피어난 장미꽃이었다. 꽃은 아침햇빛을 받아 환하게 웃고 있었다. 난 눈을 의심했다. 가을도 가을이지만 오늘따라 예년 같지 않게 기온까지 한껏 내려간 날씨였기 때문이다. 달리는 나조차도 추위를 이기고자 제법 두툼한 옷이며 모자와 장갑으로 중무장해있다. 그런 초겨울 날씨에 장미꽃이라니.

꽃이 핀 것은 한두 송이가 아니다. 5월 한창때처럼 흐드러지게 핀 것은 아니지만 담벼락을 따라가며 약 100여 미터의 구간을 장미는 계절을 잊은 채 계속 이어져있다. 엊그제 한 SNS를 통해 남쪽 지방에 장미가 피었다는 소식을 전해들은 사실이 기억났다. 그날은 그래도 날씨가 제법 따뜻했고 또 그곳이 남쪽이었으니 그러려니 하고 말았는데, 오늘은 막상 내 눈으로 직접 가을장미를 대하고보니 생경스런 마음까지 들기 시작했다.

갑자기 꽃이 핀 배경이 궁금했다. 물론 어쩌다 이상기온이 하루 이틀 이어지는 때면 제철을 깨닫지 못하고 돌연변이가 생겨나듯 한두 송이씩 피는 꽃들이 있긴 하다. 하지만 이렇게 무더기로 피어나는 경우라면 이야기가 달라진다. 분명 날씨며 기온에다 햇볕, 습도, 바람 그 모든 기후가 적당해야만 가능한 일이다. 아무리 생각해도 요 며칠간의 날씨는 장미가 피는 계절의 날씨와는 거리가 멀었다.

누군가 꽃이 피는 걸 출산의 고통에 비유한 적이 있다. 꽃을 피우는 것이 열매를 맺고 씨앗을 잉태하기 위한 과정이라면 그건 일종의 종족번식 행위가 확실하다. 또 꽃잎을 피우는 행위에는 일종의 동작이 필요하다. 동작이라고 해보았자 보잘 것 없는 가녀린 동작에 불과하지만, 도무지 움직임이라고는 불가능한 식물의 입장에서는 그 조차 엄청난 에너지를 필요로 하는 행위다. 그런 견지에서 개화가 인간의 출산에 맞먹는다는 말은 충분히 설득력이 있다.

그렇다면 그 고통까지 감내하면서 이 추위를 무릅쓰고 장미는 어떻게 피어난 것일까? 문득 유비무환이라는 단어가 생각났다. 장미는 제가 피어야 할 계절과 상관없이 언제든 꽃을 피우기 위한 준비를 하고 있었으리라는 생각이 든 것이다. 새 생명을 세상에 내어놓기 위해 만반의 준비를 갖추고 있다가 모든 조건이 확보되는 잠깐의 그 순간에 서슴없이 전력을 다해 꽃을 피워 올렸던 것이 아닐까?

게다가 장미로서는 꽃을 피웠다고 모든 것이 끝나는 것도 아니다. 꽃을 피울 때의 고통이상으로 엄청난 위험을 견뎌내야만 한다. 절기가 맞지 않는 이상 주변의 모든 환경이 다 악조건이다. 며칠 지나지 않아 저 모든 꽃들은 그걸 이겨내지 못하고 다 시들어버릴 확률이 높다. 넝쿨이 제법 굵은 만큼 한두 해 꽃을 피워본 것이 아닌 바에 저 역시 그걸 잘 알고 있을 것이다. 그럼에도 장미는 땅바닥으로 씨앗을 뿌리겠다는 그 일념만으로 아낌없이 모든 정열을 다 바친 건지도 모른다.

생각이 거기까지 미치자 새삼 장미의 의지에 경외심이 일었다. 뿐만 아니라 조바심마저 생겼다. 부는 바람이 조용히 잠들었으면, 햇살이 좀 더 따사로웠으면, 기온이 좀 더 올라주었으면 싶어진다. 어렵사리 피워 올린 장미의 의도가 무의미하게 무산되는 일이 없었으면 바라는 마음도 된다. 발걸음조차 조심스러워졌다. 행여 땅의 진동으로 장미꽃이 툭 떨어져버리는 건 아닐까 하는 마음. 서서히 호수를 돌자 장미의 행렬이 끝이 났다. 고개를 돌려 뒤를 돌아보았다. 꽃송이들이 시야에서 조금씩 멀어진다. 난 시선을 떨치지 못한 채 내일도 아니 그 다음날도, 며칠이고 계속 장미를 볼 수 있었으면 하고 기도하는 심정으로 계속 뒷걸음질하듯 달려갔다.

뒤로 걷기

내가 그녀를 만난 것은 한 시간 가까이 달리면서 피로해진 근육을 풀기 위해 뛰던 동작을 막 걷는 동작으로 바꾸던 무렵이었다. 40대 후반으로 보이는 그녀는 보통 사람과 달리 뒷걸음질로 나를 향해 다가서고 있었다. 산책을 하다보면 그렇게 뒤로 걷는 사람들과 마주치는 일이 더러 있었으니 뭐 특별할 건 없었다. 하지만 오늘따라 나 또한 뒤로 한 번 걸어볼까 하는 생각이 불쑥 들었다. 아내가 한 말 때문이었다.

어젯밤이었다. 아내는 자신이 즐겨 사용하는 방법이라며 나에게 뒤로 걸어볼 것을 권했다. 노화를 지연시킬 수 있다는 이유에서였다. 뒤로 걷다보면 발의 앞쪽이 지면에 먼저 닿게 되어 무릎에 부담이 줄어들 뿐 아니라 보통 사람들이 자주 쓰지 않는 무릎 뒤쪽의 근육을 사용하게 되는데, 그 모든 것이 퇴행성관절염의 예방에 도움이 된다는 것이었다. 아직 무릎에 대해서만큼은 건강을 자신했기에 어제는 그 이야기를 귓등으로 흘려들었지만, 그녀를 보는 순간 자신도 모르게 난 생각이 바뀌어있었다.

몸을 돌렸다. 한 걸음씩 뒷걸음질을 시작했다. 익숙하지 않은 동작을 취하려니 많이 불편했다. 단 한 발자국을 떼기가 어려웠다. 가려는 방향에 대한 정보가 사라지면서 불안한 마음이 생겼다. 그걸 극복하려 내 고개는 연신 뒤로 젖혀졌다. 불과 백여 미터를 못가 나는 몸을 바로 돌려세워야 했다. 아무 것도 아닌 것처럼 보였지만 막상 시도해보니 쉽지 않은 행위였다. 잠시 후 다시 한 번 시도했다. 역시 마찬가지다. 순간 새로운 깨달음을 얻을 수 있었다.

우리는 항상 앞으로 걷는다. 시선은 앞쪽에 고정되어 있다. 때로는 바로 앞을 보기도 하고 때로는 먼 곳을 응시하기도 하면서 그렇게 앞만 보며 걸어간다. 그만큼 우리는 미래지향적이다. 과거나 현재보다는 미래를 더 우선시한다. 앞을 보며 걸으면 빨리 갈 수 있듯 미래의 행복을 기대하며 성큼성큼 빠른 걸음을 옮겨놓는다. 뒤를 돌아볼 여유조차 없다. 과거는 이미 지나간 것이라 효용가치가 없는 것으로 느끼며 어쩌다 한 번씩 거울처럼 들여다볼 뿐이다. 또 현재는 인내의 대상에 불과하다. 조금만 참으면 골인지점에 도달하겠거니 생각하며 모든 아픔을 참고 견딘다. 그러나 아무리 달려도 목표지점은 희미하고 멀기만 하다. 거기다 목표에 도달하면 내 체력은 모두 소진되어 버린다. 그럼에도 우리는 그 불확실한 미래에 모든 초점을 맞추고 살아간다. 그것이 올바른 삶일까?

뒤로 걷다보면 색다른 점이 많이 발견된다. 무엇보다 지나왔던 길이 선연히 내 시야로 들어오면서 경험했던 순간들이 고스란히 되살아난다. 힘들면 힘든 대로 편안하면 편안한 대로 가졌던 생각과 감정들을 오롯이 떠올릴 수 있다. 뒤로 걸으면 또 뛰거나 빨리 가는 것이 불가능해 여유로워진다. 목표 지점만을 향해 황급히 달려가던 때와는 달리 눈에 보이는 세계는 넓어지고 뚜렷해진다.

세상에 대한 인식 또한 더욱 정확해진다. 또 뒤로 걷기 위해서는 끊임없이 주변을 확인해야 한다. 내가 발을 딛고 있는 현실을 제대로 파악할 때라야 한 걸음 한 걸음 나아가는 것이 가능하다. 현재에 더욱 집중할 수 있다는 말이다. 가고자하는 방향에 대한 확인이 제한적이라는 점도 뒤로 걸을 때 생겨나는 차이점이다. 우리 고개의 회전방향은 360도로 자유로운 것이 아니다. 아무리 고개를 뒤로 젖혀보아도 몸 전체를 돌리지 않는 한 가까운 부분만을 볼 수 있을 뿐이다. 그런 신체적 구조는 먼 미래보다 가까운 미래를 더 중시할 수 있게 해준다. 가까이를 보면서 옮기는 걸음은 안정적이다. 마찬가지로 향후 계획도 가까운 미래에 비중이 높아질 때 실현가능성이 훨씬 높아지고 현실적이 된다.

아내가 나에게 뒤로 걸어보라고 한 건 바로 이런 걸 느껴보라는 뜻이 아니었을까? 최근 들어 여러 가지로 조급증을 내면서 앞만 보고 달려가는 나를 충고하고 싶었던 건지도 모른다. 난 뒷걸음질을 치면서 머릿속을 정리해보았다. 물론 매번 뒤로 걸을 수만은 없는 일이다. 미래를 전혀 의식하지 않고 살아갈 수도 없다. 먼 미래에 대한 꿈이 있어야 현재도 과거도 더 큰 의미를 가진다. 그런 면에서 인간이 미래지향적이라는 것 자체가 잘못된 것은 아니다. 다만 틈틈이 시간을 내어 뒤로 걷기를 시도하는 것처럼 미래편향적인 삶이 되지는 말아야 한다. 문득 아내와 함께라면 뒤로 걷는 일이 한결 수월할 것이라는 생각이 들었다. 현재를 굳건하게 딛고선 상태에서 미래를 누군가와 함께 만들어간다면 우리 인생은 더욱 행복해질 것이기 때문이다.

노인과 달리기

집을 나서다 오늘도 그 노인을 만났다. 노인은 체감온도가 영하 10도를 넘나 드는다는 꽤 추운 날씨였음에도 불구하고 아파트 단지 안에 조성된 산책길을 따라 달리고 있었다. 제법 여러 바퀴를 돈 것인지 내 곁을 스쳐 지나는 순간 입에서 거친 숨소리와 함께 하얀 입김이 뿜어져 나왔다. 뒷등 언저리에는 목 쪽에서부터 흘러내린 땀자국이 역삼각형을 그리고 있었다. 뛰는 자세는 다소 어색했다. 다리를 절룩거리지는 않았지만 발을 디디는 동작에서 무언가 균형이 맞지 않았다. 모자를 썼음에도 숱이 아주 적은 흰머리가 길게 머리 뒤쪽으로 나부꼈다. 자세며 생김새로 볼 때 분명 적지 않은 나이였다.

내가 그를 기억하는 이유는 두 가지다. 첫째는 하루도 빠지지 않고 달리기를 한다는 점이다. 매일 아침 9시경이면 어김없이 그를 만날 수 있다. 심지어 비가 오는 날에도 달리는 그의 모습을 본 적이 있으니 매일이라는 표현은 결코 과장된 것이 아니다. 보통 사람으로서, 더군다나 노인으로서 해내기에는 분명 힘든 일이다. 두 번째 이유는 한결같은 그의 차림새에 있다. 그는 항상 반바지에 반팔 티셔츠 차림이다. 여름이라면 몰라도 젊은 사람들조차 두꺼운 옷으로 중무장한 채 종종걸음을 치는 오늘 같은 날씨라면 결코 예사로운 일이 아니다. 달리는 동작이 아무리 체온을 높여준다고는 하지만 한겨울의 반소매와 반바지는 보는 사람들을 어리둥절하게 만든다. 그건 그가 추위를 이겨낼 정도의 건강을 유지하고 있음은 물론 매일 먼 거리를 달린다는 의미이기도 하며, 그 만큼 달리기의 경험이 풍부하다는 것을 말해주는 것이다. 그랬으니 두 가지 사실 모두가 내 기억의 매개로 작용한다 한들 하등 이상할 것이 없다. 그런 그를 처음 만난 것도 어언 5년이 넘었다.

노인의 뒤를 이어 내 옆으로 50대의 여인 두 명이 서로 이야기를 나누며 지나갔다. 두 팔을 제법 높이 쳐들고 힘차게 저으며 걷는 것이 운동을 목적으로 한 동작으로 보였다. 무심코 걷는 내 귀로 두 사람의 대화가 흘러들었다. 다름 아닌 조금 전에 지나간 노인에 관한 이야기였다. 그들의 표정에는 한껏 낮추어 말하려는 의지가 가득했지만 거리가 워낙 가까웠던 까닭에 목소리는 내 고막을 피해갈 수 없었다.

"아니, 창피하지도 않은가봐. 저 나이에 저렇게 맨 살을 다 드러내고서."

"글쎄 꼭 저런 모습으로 뛰어야 할까. 그것도 많은 사람들이 모여 사는 아파트 안에서 말이야."

난 나도 모르는 새에 그녀들의 걷는 속도를 따라 발걸음을 빨리하고 있었다. 노인에 관해 어떤 얘기들이 더 오가는지 알고 싶다는 본능에 가까운 욕망 때문이었다. 내 귀는 더욱 쫑긋 세워졌다.

"노출증 아냐? 춥지도 않은지, 원. 늙어서도 저토록 과시하고 싶을까, 그래."

"저 정도면 거의 다 벗은 거 아냐? 아니 무슨 20대 젊은 남자 몸매도 아니고 쭈글쭈글한 피부가 뭐 그리 보기 좋다고."

두 사람의 대화내용은, 매일 그런 모습을 보아오면서 대단하다고만 느꼈던 나와는 사뭇 다르게 비난 일색이었다. 점점 멀어져가는 노인의 모습을 나는 다시 한 번 바라보았다. 잘 다듬어진 자세로 뛰는 것은 아니었지만 아무리 봐도 볼썽사나운 꼴은 아니다. 오히려 건강한 삶에 대한 치열한 의지가 느껴질 뿐이다.

문득 내가 달리기 할 때의 모습이 그려졌다. 아파트 안에서 달리는 횟수가 그리 많지는 않지만 나 역시 노인만큼이나 자주 달리기를 하는 사람 중 한 명이다. 뿐만 아니라 지금처럼 추운 겨울이 아닐 때는 노인처럼 반바지에 반팔차림으로 달리기를 하곤 한다. 만약 이 여인들이 그때의 나를 보았다면 지금처럼 똑같이 비난했을 일이 아닌가. 내 몸매가 근육질의 남성미를 자랑할 만한 것도 아니었고 싱싱한 젊음을 뽐낼만한 것도 아니었으니. 당장 내일부터 달리기를 하러 나설 때면 옷차림부터 신경을 쓰게 될 것만 같다.

달리기를 취미로 가진 내가 노인이 반바지 차림으로 달리는 이유를 미루어 짐작하는 것은 어려운 일이 아니다. 팔꿈치나 무릎 같은 관절을 많이 사용해야 하는 달리기를 하다보면 긴 옷들이 관절의 움직임을 부자유스럽게 만드는 방해요인으로 작용하기도 한다. 또 오랜 시간을 달릴 경우에는 몸에 걸쳐진 사소한 것들까지 짐이 되는 수가 많다. 그런 불편함에서 벗어나고자 노인은 짧고 가벼운 옷을 선택했을 것이다. 언젠가 한여름의 어느 날 풀코스 마라톤대회에 참석하면서 나는 몇 그램 되지도 않는 모자마저 부담스러워 벗어던진 적이 있었다. 신발의 무게를 줄이기 위해 쿠션을 아예 제거해버리는 마라토너들도 있다. 노인의 정확한 의도가 어떠했건 그런 점을 여인들이 이해했더라면 그의 옷차림을 두고 희롱에 가까운 발언은 하지 않았을 것이다. 설령 아름답지 못한 몸매를 다 드러내었다고는 해도.

씩씩하게 걷는 여인들의 뒷모습은 아직 내 시선의 사거리를 벗어나지 못한 상태였다. 두 사람 모두 허리근처까지 내려오는 패딩과 함께 아래에는 레깅스를 입고 있다. 최신 유행이 그런 모양이다. 유행의 개념을 잘 모르는 나에게는 몸에 착 달라붙는 레깅스가 스타킹을 연상케 하여 속옷만 입은 듯한 느낌을 준다. 그렇다고 섹스어필하는 느낌을 가진 것은 더더욱 아니다. 그네들의 나이나 얼굴은 그런 것과 거리가 멀었다. 노인을 바라보는 여인들의 시선이 그대로 나에게 옮겨져 왔다. 여인들의 옷차림은 보면 볼수록 민망하기만 했다. 이처럼 이해를 하지 못하면 오해는 쌓이게 마련이다.

소소한 일상이 전하는 행복의 메시지

초판 1쇄 발행 | 2019년 1월 29일

지은이 | 원광우
펴낸이 | 김지연
펴낸곳 | 생각의빛

주 소 | 경기도 파주시 한빛로 70 515-501

출판등록 | 2018년 8월 6일 제406-2018-000094호

ISBN | 979-11-964594-6-8 (03810)

원고 투고 | sangkac@nate.com

ⓒ원광우, 2019

* 값 13,200원

* 생각의빛은 삶의 감동을 이끌어내는 진솔한 책을 발간하고 있습니다.
참신한 원고가 준비되었다면 망설이지 마시고 연락주세요.

이 도서의 국립중앙도서관 출판예정도서목록(CIP)은 서지정보유통지
원시스템 홈페이지(http://seoji.nl.go.kr)와 국가자료종합목록시스템
(http://www.nl.go.kr/kolisnet)에서 이용하실 수 있습니다. (CIP제어번호
: CIP2018042992)